(fps)

兩個英國女孩與歐陸

Deux Anglaises et le Continent

亨利－皮耶・侯歇——著　黃琪雯——譯

Henri-Pierre Roché

AKKER
二十張出版

Deux Anglaises Et Le Continent [redacted]

兩個英國女孩與歐陸

亨利－皮耶・侯歇 [redacted]

Henri-Pierre Roché

目次

第三部　安娜與克羅德
Troisième Partie_Anne Et Claude

第四部　米瑞兒
Quatrième Partie_Muriel

獻給

米瑞兒與安娜

克羅德

（一八九九年至一九五五年）

米瑞兒給克羅德 Muriel À Claude

一九〇一年六月九日

我想，每個女人都有自己命中注定的男人，那個人是她的丈夫。當然一生中會遇到許多男人，或許可以給她一個平靜、有意義，甚至愉悅的生活，但只有一個男人會是理想的丈夫。

那個男人或許死去了，或許沒有機會遇上她，又或者娶了別的女人，為此，她最好能保持單身。每個男人也都有命中注定的女人。那個獨一無二的女人，就是他的妻子。我和安娜從孩提時開始，一直如此認為。

至於我呢，大概是不會結婚的，因為我有這項使命，必須由我獨自完成。如果上天讓我遇見了那個男人，我會嫁給他。

米瑞兒

Première Partie
Le Trio

第一部
三人行

01 邂逅 La Rencontre

克羅德的日記

一八九九年復活節於都蘭

我坐在鞦韆上，雙手沒扶著鞦韆繩，身旁圍繞著一群孩子。其中一個較年長的，為了替年紀較小的孩子推鞦韆，猛然拉了一下繩子，使我往後倒。為了不負自己「鋼腿」的美名，我努力想站直身子，雙膝卻發出喀擦的聲響，一陣尖銳刺骨的疼痛，讓我無法起身。當疼痛感褪去，勉強行走。隔日膝蓋腫大如瓜，也無法彎曲了。

醫生宣告我的韌帶斷裂，必須臥床六個星期，而且膝蓋可能就此變得脆弱。虛榮心讓自己得到了懲罰。我跛著腳返回巴黎，躺臥在床並且拚命閱讀。

一八九九年五月十五日

我的法國朋友來看我。有一天，當我拄著拐杖經過克蕾兒（我的母親）的會客室，看到一名年輕英國女孩。克蕾兒向我提過她，印象頗佳。我向她點個頭，正猶豫要不要進客廳，她坦率的微笑鼓勵著我，於是我走到她面前自我介紹。和其他的法國朋友比起來，她的容貌略微遜色，較不活潑，卻有一種敏感堅定又富有責任感的神情。克蕾兒進入會客室，建議我們可以交換語言。安娜・布朗和我一樣都是十九歲，戴了副夾鼻眼鏡。當她第一次拿下眼鏡，彷彿見到她的裸體似的，靦腆中帶著有趣的感覺。

我躺了一個多月，學校和畫室的事都拋得遠遠的。安娜・布朗時常來看我，我們一會兒用英文交談，一會兒用法文。她讓我對她的國家產生了極大興趣。對我而言，那是個難以理解、充滿矛盾的地方：個人謙遜修養與民族尊嚴、因循守舊與莎士比亞、聖經與威士忌，看似相互矛盾卻又並存。

她每次都能繼續聊起上回未完的話題，而且總坐在離我的床兩步之遠，從不再靠近一些。

某天一名四歲小女孩進來打斷我們的談話。她將她的洋洋娃娃交給我，向我告狀，說她的小女兒如何不乖。我掀起洋娃娃小小的裙子，在小屁股上打了幾下。安娜．布朗紅了臉，顯得很不自在。當晚她告訴克蕾兒，一位英國紳士，即便對一只洋娃娃，也絕不會做出這種動作。

安娜熱衷雕塑，為此貢獻所有心力。由於剛到法國，所以不了解歐洲藝術。她問我：「你熟悉英國畫家嗎？」

「我知道一些。伯恩．瓊斯[1]、泰納[2]、還有瓦茲[3]畫的〈希望〉：一位年輕女孩矇著眼睛坐在地球上，傾聽豎琴最末端的弦發出聲響……」

「天啊，那是我最喜歡的一幅畫！」

六月二十五日

經過一段時間的抗拒，她和我一樣，喜歡上羅丹雕刻的〈巴爾札克〉；又經過另一段時間的抗拒（我真喜歡這些抗拒），她陪我到喜劇歌劇院兩次，聽夏邦泰[4]的歌劇《露易絲》。

對於劇中人物露易絲和朱立安還沒結婚就同居，她感到遺憾。我對她說，他們倆若非放棄這段感情，就是繼續下去。

安娜回答：「面對這種無所適從的情況，必須能犧牲自我。朱立安應該等到露易絲成年。」

「總要有人能超越法律。」我回答道。

「或許吧！如果真是那樣，那些人就要有犧牲奉獻的準備。」

我從朱爾・拉佛格[5]的〈傳奇美德〉一詩中，摘了幾個段落念給她聽，某些段情節讓她瞪大雙眼，作勢欲嘔。

她對我說：「我來這裡是想了解你們的國家和藝術。如果你要比較兩個國家的不同，那麼你也應該到我那裡，換我來向你介紹我的國家。和你們比起來，我們那裡的人比較封閉、拘謹，不過自有表達明理和異想天開的方式。」

「舉個例子來聽聽吧！」

安娜從她的學校、家人當中，找了幾個很有趣的例子，讓我起了想要跟著她去英國的念頭。

克蕾兒以讚許的眼光來看待我和安娜的友情。她會帶安娜上劇院、參加晚宴，而且每個星期都寫信給布朗太太，告知安娜在法國的近況。

我刻意讓安娜知道我欣賞她。不過，並非基於想和她有什麼曖昧的心理。她對我說：「我只是個普通的英國女孩。你應該認識我姊姊米瑞兒的，她大我兩歲，一直都是我的榜樣。由於米瑞兒有一頭金髮，當她還小的時候，人家都說她是一朵『黃花毛茛』，而她的燦爛笑容，為她贏得了『旭日光芒』的稱號。她比我活潑開朗，也比我懂事，集所有優點於一身。每場考試都能隨心所欲拿到好成績，也會將莎士比亞的戲劇搬上舞台，並且扮演主角奧菲莉亞[6]，在我們村裡很活躍。我們姊妹一點都不相像，我只懂雕塑而已。我很想念米瑞兒，想跟她一起聽你說說話。」

譯註1——Edward Burn Jones，1833-1898，英國新拉斐爾前派畫家。
譯註2——JMW. Turner，1775-1851，印象主義時期畫家。
譯註3——George Frederic Watts，1817-1904，英國著名肖像畫家。
譯註4——Gustave Charpentier，1860-1956，法國作曲家。《露易絲》描寫當時法國工人的愛情與生活。
譯註5——Jules Laforgue，1860-1887，法國詩人。
譯註6——莎士比亞戲劇作品《哈姆雷特》中的角色。

02 米瑞兒、安娜和克羅德 Muriel, Anne Et Claude

克羅德的日記

一八九九年八月於英國威爾斯

青翠嶙峋矗立在海中的小丘、起伏不平的海灘、小港灣、高爾夫球場、三三兩兩不成群的房子。

安娜獨自迎接我和克蕾兒的到來。

當天早上，有人偷走了我們別墅房東菲林特先生的小艇。負責偵察的警員詢問他是否要備案。

菲林特先生表示：「小偷比我更需要那艘小艇，所以我不要備案。」

他的反應讓我非常驚訝。交談之下，發現菲林特先生和我一樣，都是托爾斯泰主義的信奉者，認為擁有私人財富是不應該的，只不過他奉行得比我徹底。

安娜說：「對我們這裡的人來說，這種處世態度是個特例。」她又補充一句：「你明天晚上就可以見到米瑞兒了。」

隔天午餐時刻，我們母子和布朗太太，還有安娜的弟弟亞歷斯以及查理見了面。我和克蕾兒都覺得他們具有英國人的保守謹慎，而且這種態度是根深柢固，難以撼動的。安娜對他們說我們倆相處的事情。這樣也好，不過還是應該要自己判斷，不要以偏概全。

從這兩個男孩的態度看來，那些法寇達（Fachoda）事件的紛擾[7]、英法兩國戰事一觸即發的威脅，皆已不復存在。

安娜突然出現，滿臉驚訝地說，由於米瑞兒眼部疼痛，晚上只能彼此寒暄一下，讓她多休養。想要深入認識，還得等等。

晚餐時，米瑞兒現身了。她比安娜略矮，擁有和克蕾兒年輕時代一樣的柔順金髮，眼睛上纏著一條綠色塔夫綢和棉花混紡的繃帶。她似乎很不舒服，動作緩慢，偶爾會用根手指撐開繃帶，看餐盤裡有什麼東西。她的聲音從喉頭發出，咕噥著聽不真切，背脊挺得直直的，一雙白晰大手顯得十分光滑。

在英國的最初幾天，日子過得平淡無趣。布朗太太分派家事，而每個人準確做好分內之事。

有天傍晚，安娜問我：「晚餐之後你有沒有空陪陪我呢？」

「當然有。」

晚餐之後，我們一起外出。安娜離開家門時，步履緩慢，然後她跑了起來，速度快得猶如自弦上射出的飛箭，對我大喊：「來抓我啊！」

我忘掉膝蓋受的傷，抓到了她。

我們來到了小港灣，她跳上一艘小艇，「人家借給我的。我們到對岸去吧！」皎潔的月光，漲起的潮水，遼闊的河流。我們各划著一把槳，她在前，我在後。當船底碰到了沙灘，安娜沒脫下草底帆布鞋便跳入水中，我們合力將小艇拉上岸。她朝著村裡光源的方向走去，然後停下來對我說：「今晚我沒有別的事要忙，想要跟你聊聊，就像在巴黎的時候一樣。有些話我想告訴你，卻不知道如何說出口……」

「妳說說看吧！」

「是這樣的，」她一邊說，一邊在較低的岩石上坐了下來，「事情的發展出乎我預料之外。我們的母親互相欣賞，非常合得來。我的兩個弟弟整天不是在沼澤打獵，就是划船釣魚；而你和我也正要開始畫畫。」

「問題就出在米瑞兒身上。有一天深夜她瞞著我母親，拿了一本書做預習報告，要交給老師，那本書談論的是她崇拜的偶像——達爾文，結果她為了這個報告過度勞累而傷了眼睛。目前我們還不知道傷勢有多嚴重。」

「母親認為米瑞兒應該先問過她的意思，也不應該有事情瞞著她，這是為人子女應守的本分。米瑞兒承認自己讓眼睛過於勞累，也承認要為眼睛受傷一事負責。可是她聲稱必須勇於冒險，才能知道自己的極限，而且無需事事都要問過母親。」

「米瑞兒，真有妳的！」我讚嘆。

「母親說米瑞兒只會瞞著她。總之，整個家裡為了這件事弄得烏煙瘴氣。我邀請你們來，卻讓你們過得一點意思也沒有。主要是因為米瑞兒一直是家中的活力源泉，現在這個活力源泉卻暫時枯竭，而米瑞兒生悶氣，也讓我心情很沉重，今天晚上剛好可以乘機向你解釋一番。我剛才所說的話，請你一定要轉達給你母親。」

「一言為定。」

「然後……然後……」安娜沒有將話說完。我們陷入一片靜默當中。

我想握住她的手。我聽到安娜的聲音彷彿幻音般遠遠地傳來，在我腦海中說著：「然後……快點抱住我吧！」

我為自己有這種輕浮的念頭感到自責。我對她說：「當然我們都因為米瑞兒發生的事情而感到難過。我還不認識她，不過我向妳保證，當我看到她的雙眼之後……」

「那時一切都會不同了！」安娜說完，跳下岩石跑向水邊。

潮水已經消退，我們划著小艇前進。水流將我們推向海洋，而我們愉悅地往相反方向奮力划動，不讓小艇滑向海上。最後我們偏離方向，在一片淤泥地靠岸。

隔天一同前往懸崖高處去作畫。

我對安娜說：「我耐心等著米瑞兒康復。儘管沒能見到她，但我還是很開心能來這裡。今天下午一起去那個荒廢的城堡看看吧，妳覺得如何？」

她猶豫了一下，回答我說：「好的。」

那座老舊的城堡從高處俯視整個港灣。城堡裡有個鏡子迷宮，如果在裡面迷了路，可能永遠都走不出來。進入迷宮之中，只有我們兩人，單獨面對著無窮無盡的鏡中影像。我們在迷宮中漫步、迷路，有時相距只有兩步遠，卻瞬間自對方眼前消失，就算聽見對方聲音，也找不著彼此。我們迎面碰上對方之後，便一同前行。我開始想要離開這裡到外面去。安娜拉起我的手放在她肩上對我說：「別放開，讓我來找離開的出口。」她用涼鞋的鞋尖碰觸鏡子底端試著探路，樣子像個舞者，又像是善良溫柔的嚮導。這座迷宮適合接吻，就算在英格蘭，要親吻也應該南下到這座迷宮來。五分鐘之後，我們走出了那裡。

亞歷斯與查理教我和他們一起玩板球。草皮上除了安娜之外，共有十多個球員，不過我很遲鈍，總是搞不懂遊戲規則。亞歷斯拿筆記下每個人能將球投得多遠。我可以擲到八十一碼的距離。「這個距離算是不錯了，尤其對一個⋯⋯」查理停了下來，沒繼續說下去。

亞歷斯接著說：「世界紀錄是一百三十碼。」

我們也打網球，只不過這兩個男生心中只想著打獵和釣魚。我們還一起除草，看著綠草硬生生自機器中噴出。

我們到海中游泳時，米瑞兒也會跟著去，不過她需要安娜攙扶帶路，像個盲人一樣。我們在海水中裸泳，男女分開約莫兩百公尺的距離，誰偷窺就會遭到驅離。儘管我的好奇心繞著女孩們打轉，但我還是挺喜歡這種不得不遵守的誠實。

漸漸的，米瑞兒在屋內走動次數越來越多。只不過我目前見到的她，並非安娜先前描繪那般優雅。在我眼中，她是一個逐漸痊癒的病患。她拆下了繃帶，換上大大的深色眼鏡，從鏡片中我看到她的雙眼腫脹無神。她拿著高爾夫球桿，在沒有球、雙眼無法視物的情況下練習揮桿，動作柔軟迅速。

夜晚時，我們一群年輕人聚在客廳玩猜謎、大風吹遊戲還有即興表演。米瑞兒輸了遊戲，我們罰她當場表演「奧菲莉亞」的一幕戲。閉著眼表演的她，散發出無比的光芒。

我和安娜常常在一起，周遭的人開始用一種意有所指的眼光看著我們，認為我們像是一對互相照顧、互相調侃的情侶，甚至房東菲林特先生也是這麼想。我和安娜總是清晨便提著折疊畫架，一同出門去作畫，順道繼續語言交換的課程。安娜有時會抱怨連連，等她發現這一點之後自己也覺得好笑。現在我好像有了個姊妹，感到非常高興。

一八九九年八月十五日

安娜對我說：「我邀米瑞兒明天和我們一起去。她雖然不能畫畫，但是可以散散步，享受一下山頂吹來的徐徐微風。」

安娜在前，米瑞兒緊跟在她身後，我則是押後，三個人就一個緊接一個，隨著綿延的山路往高處爬。米瑞兒戴著一頂帽簷寬大的綠色遮陽帽，說話聲音聽起來很熱情，字字句句清楚。她每走一步路，髖部會跟著扭擺，特別的姿勢，讓她每個步伐都顯得穩健堅決。不過對其他人來說，這種姿勢也許讓人覺得惹火。她這麼活潑的樣子，我還是第一次見到。她將濃密的金髮盤起，梳成一個髮髻，露出白皙的頸子，我私下給她一個「脖子姊姊」的稱號。

到了山頂我們坐下來。米瑞兒對我說：「安娜時常提起你的事情。當我眼睛還沒受傷的時候，她會讓我看你寄給她的書。那些書的內容我並沒有完全了解，論點也並非完全贊同，不過，整體而言，你讓我們大開眼界。我和安娜應該要如何謝謝你呢？」

「我想要揭開英國風土人情的神祕面紗。當然，對一個法國人而言這不是件容易的事，還好有安娜的指導。」我回答她。

安娜說話了：「米瑞兒比我更能幫上你的忙。」

米瑞兒回答：「或許是，也或許不是吧。只要你有心一定可以做到的。你教我講法文吧！我現在已經會照著字念了。我和安娜就負責讓你的英文更流暢，你覺得如何啊？」

「樂意之至！」

「那我們馬上開始吧！想要知道你發音上有什麼問題嗎？來，就是這些。」米瑞兒滑稽地模仿我的腔調，慢慢說話，向我解釋清楚問題何在，然後要我重複念整段句子直到發音正確為止。

「至於我的法文發音如何，我念這篇〈狼與羔羊〉的寓言故事給你聽聽看。我念完之後，輪到安娜，接下來輪到你。」

米瑞兒開始嚴肅地誦讀起來，不過她忽而模仿大野狼發怒的語氣，忽而模仿羔羊天真的口吻，讓朗誦過程生動有趣，而她那令人無法理解的發音，也讓人忍俊不住。安娜和我不禁大笑起來，米瑞兒自己也是。安娜重新念一次這個寓言故事，口音就像是個已經巴黎化的英國女孩。最後我再一個一個音節分開念了一次。這是我們三人一同學習的開端。

一八九九年九月五日

安娜先前提過，米瑞兒樣樣拿第一。在三人當中，果然米瑞兒的學習力最強，這都要歸功於她的創造力和活力。我和安娜毫無保留地接納她的加入。「在我加入之前，已經開始注意你們了。」米瑞兒這麼說。從此我們變得形影不離。

我喜愛她們的謙遜和運動方面的表現，也從不道人長短。米瑞兒說過：「當我們有機會為別人服務，就別想著享受清閒。」她有時會引用聖經的語句，安娜會引用法國詩人魏倫的詩，而我則是會引述唐吉訶德那愚蠢的忠僕——桑丘所說的話語。

有一天，安娜有事走不開，米瑞兒問我是否可以陪她出門。她和安娜一樣，也想去城堡迷宮走走。安娜對她說：「可別指望克羅德帶妳走出迷宮。」然後我們兩人往城堡方向出發。

這一次我開始摸索出走迷宮的訣竅，也猜想到利用鏡角的可行性，不過我還是故意讓自己在裡頭迷路。我們在鏡子反射的影像中迷失了方向，無論往哪個方向小步前進，依然會迎頭撞上鏡子，彷彿置身萬花筒中。我們開始失去了耐性，米瑞兒對我說：「把你的手給我。」然後她用飽滿結實的手拉著我；另一隻手，則是手指往後翹起，露出了手指渦，迅速拍打著鏡子。隔著一個月重新上演的相同情境，讓我不禁為她們兩姊妹的異同之處而感動，也因她們都視我為兄弟而歡喜。這一次，米瑞兒比安娜花了更少的時間便帶我走出迷宮。

某天早上，我和米瑞兒兩人沒披上斗蓬風衣，就登上小山丘的頂端。突如其來的一場大雨，讓我們只得暫避於岩洞中。岩洞貼近地面，約二步寬，上覆有草皮如毯，草色泛黃。我們必須緊貼對方身體，以免淋溼。雨勢稍緩，但持續下著，而岩石讓人坐得很不舒服。我們玩起了史前穴居人的遊戲，假裝有穴居人對我們提出成千上萬的問題。不過，我不敢逾矩談論到假若我們有小孩的話題。

雨後天晴，我們不情願地下了山。在山上耽擱太久，趕不上午餐。布朗太太憂心忡忡，倒是安娜一點兒也不擔心。

米瑞兒和安娜渴望了解巴黎的風土人情，她們說服母親將島上的房子出租，而後一起到塞納河左岸生活八個月。兩個弟弟就留在學校，放假時再到巴黎會合。

譯註7——一八九八年，英國軍隊和法國遠征軍在蘇丹境內的法寇達，為了爭奪蘇丹主權，險些發生軍事衝突。

03 左岸 Rive Gauche

克羅德的日記

一八九九年十月於巴黎

她們抵達了巴黎，找到一間四房、擁有絕佳景觀的公寓，而且離我家只有兩分鐘的路程。三人一搬進之後便開始動手粉刷、添置家具。

她們買了漂亮的空貨物箱和幾捲厚布料之後，開始動手鋸物、釘箱、修剪，親手製作了架子、坐椅、椅墊與書櫃。由於安娜的力氣最小，主要工作就是粉刷和採買材料。

花了三個星期的時間，終於完成了工程。她們邀請我和克蕾兒吃飯，一起慶祝新居落成。餐點擺設精緻但菜色簡單——反正她們不是特地來法國烹飪的。

為了讓米瑞兒和布朗太太認識巴黎，一場巴黎朝聖之旅於焉展開。我陪米瑞兒去看著名的雕像——米羅的「維納斯」，還有那些曾被視為毒蛇猛獸的印象派繪畫，然後去參觀教堂。旅程終點則是聖母院。

我們在聖母院停留了很長的時間。米瑞兒在鐘塔平台上，與俯瞰整個巴黎的惡魔雕像進行一場漫長的無聲對話。除此之外，寺院頂端的鋅製屋脊，她每一面都坐上去，久久不願起身，我則隨侍在側。我們觀看聖母院的側堤、脊柱、拱門、從中央小尖塔垂下的綠色人形雕刻，然後一起被管風琴的樂聲深深感動。有一天我會愛上米瑞兒嗎？

安娜下午雕塑，晚上則和我們一起去紅色演奏廳。圓桌、奶油咖啡、抽菸的客人，演奏中的大提琴手，肩膀和髮絲隨著手上的琴弓起伏。

米瑞兒詢問安娜，那些陪在畫家身旁，看起來溫和卻有點古怪的女人，究竟是何種身分。

她問道：「她們都結婚了嗎？」

安娜回答她：「有些人還沒。」

米瑞兒在巴黎容光煥發，活力十足。這一點讓安娜非常喜悅。她們的母親努力表現出喜好法國的一切，於是讀起了雨果的《悲慘世界》英文譯本。她對克蕾兒說：「在我讀過的英文書籍中，沒有任何角色性格被塑造得像主教一樣崇高。」

米瑞兒和安娜讀羅登巴[8]和薩曼[9]的法語詩篇，同時在索爾邦大學修文學課。莫里哀[10]的作品讓她們驚喜，而拉辛[11]的作品則讓她們覺得不耐。克蕾兒帶她們去接近人群，我帶她們參加舞會，不過她們喜歡的是每一區都有的街頭表演和咖啡館。她們解釋：「我們在這裡停留的時間不長，誰知道何時才會再來，當然要看能吸引自己的東西。」

某一天，我們看了很多書，當時下著雨，米瑞兒提議用公寓六層樓的階梯，來場爬樓梯比賽。決定之後，三人飛快朝階梯出發。我的腿長，上樓時大大占了上風。不過下樓時已經有些疲憊，她們倆像老鼠似的，一溜煙便同時到達。

米瑞兒提議兩人再來場比賽，決定誰是第一名。門房以為小偷入侵，當她上來制止時，我向她們打了信號。

她們有個挺奇特的清潔女工叫克勞汀，新婚不久，骨架健壯，個子同米瑞兒一般高。米瑞兒向她借了衣服、頭巾、帽子，化上了妝，來到我家僕人出入專用的門前按鈴。我通常午後一點的時候不會在家，可是那時我恰好沒有外出，於是開了門。

「克勞汀是妳啊，進來吧。有什麼事嗎？」我問她。

看到是我，米瑞兒十分訝異並將一個包裹遞到我面前。我帶她去會客室，那裡光線較亮。

「米瑞兒！」我大叫了一聲。

「把包裹還給我！」她搶回我手中拿的東西，迅速地下樓。

當天晚上我問她為何這麼做。

「只是一場惡作劇，目的是要捉弄你，讓克蕾兒高興一下。只不過失敗了，你就不要再提。」

「那包裹裡裝了什麼？」

「這是個祕密。」

我所知道的只有這些了。

克蕾兒提起米瑞兒和安娜兩人時，總是這麼稱呼她們：我的英國女兒。

一九〇〇年三月於巴黎

我騎馬、玩西洋劍和回力球，選修了比本科系要求還多的課程，上戲院和舞會，狂熱地讀起書來。我患了失眠，一些念頭在腦裡不停地翻騰，無法停止。我在腦中重複玩著最近一局的西洋棋，背誦喜愛的文章，記下所有自己想對安娜和米瑞兒說的話。長期疲倦讓我感到身體不適，開始消瘦、雙眼深陷。以前我最愛夜晚，現在卻害怕它的來臨。

我的老師索賀爾對我說：「兩年半來，你非常地認真努力。但是你沒有任何經歷考驗所得來的名聲、財富與健康。你是一名理想主義者，對萬事充滿好奇。

不要參加會考，去旅行、寫作、翻譯吧！你可以試著四海為家，隨時隨地蒐集資訊，提供給報章雜誌。英國國力強盛的原因之一，就是有這一批人。法國欠缺這方面的人才，你馬上開始去做吧！」

我的老醫生告訴我：「你正在耗損成就你的利器。膝蓋摔壞了，現在大腦也快不保了。你必須放棄手邊的一切，重新開始。我將你轉介到亞爾薩斯省克奈普的一所修道院，那裡專門治療像你這樣的病人。」

克蕾兒和我的姊妹也贊成我到克奈普去。於是我遵從老醫生的決定，收拾起行囊。

米瑞兒的巴黎日記

一九〇〇年冬季

（不予公開。這是為我自己寫的）

星期二

克羅德啟發我去認識羅丹及其作品。偶爾見他皺起眉頭，很認真地思考，然後說出蠢話。

星期三

跟我的法國弟弟一起散步。我們談論到不同氣候會成就不同人格的特質，他幫助我思考問題。我的反應很慢。

每個人都各自建構自我的人格。一種理想的無秩序狀態？真怪。

我不再覺得克羅德的眼睛漂亮，但是他的雙眼反映出他的個性。比起我們，天主教徒有較多的束縛。在法國，仍有年輕人的婚事是由父母決定的。

星期六

我去拜訪聖母院的惡魔，和牠們談話：我配得上克羅德這樣的朋友嗎？我可以成為配得上他的人，並且永遠留住他嗎？

一九〇〇年一月十日

與克羅德的祖母共度夜晚，她是位沉默寡言、善良、有個性的女人。

一月二十日

我從睡夢中驚醒，放聲大喊：「克羅德我喜歡你！」

沒關係，反正是場夢而已。

克羅德勸我要對母親溫柔點……

可以像這樣去欣賞其他男人嗎？我想是不能的。

二月五日

克羅德說必須認識一切才行，就算可怕的事物也可以。此外，他還提到了怠惰。他說機遇會給你閉起眼睛就能享受的好處。

那是在夜晚的塞納河畔，面對著河面舞動的光影，我精疲力盡卻又感到幸福。

二月七日

我看了太多書。因為我的眼睛及壞心情，母親為此感到難過。

安娜、克羅德和我，只要一有機會就聚在一起。

二月八日

克羅德建議我寫下讀書心得。樂意之至，我想讓他知道我心裡所想的一切。

二月九日

我們三人一起到布洛尼公園騎腳踏車。克羅德的話太多了。

二月二十日

有個社會事件我無法了解，於是克羅德向我解釋。事情是這樣的：有個被遺棄的少女為了扶養小孩而賣身，後來又成了竊賊。

克羅德談到性愛。

那是什麼？愛只有一種——真愛。

二月二十四日

克羅德的母親——他都直接叫她克蕾兒——告訴我，我母親很擔心我的健康狀況，自己也很擔心克羅德的身體。她說我和克羅德一樣，工作時都不知節制，以致身體常常為此付出代價。

二月二十四日

也許克羅德的母親說得對。克羅德被送到亞爾薩斯省去接受治療。母親威脅著要送我回英國姑媽家，好讓我的眼睛和腦子得以休息。

我這個巴黎的女兒，難道就要這樣突然地離開？當我再次踏上巴黎，就只是這個城市的異鄉過客了。為此，從蒙帕拿斯到聖母院，只要我們去過的小商店，我都再緬懷一番。

巴黎的小街巷還有居住在這城市的人，我愛你們。

這是多麼溫馨、豐富、深刻的感受。

我買了些書。

克羅德還有巴黎，你們帶給我許多感受和改變，因此我可以說，有些許部分的我，是屬於你們的。

我和克羅德將要在同一時刻，被放逐至相反的方向（註）。

註：一九〇二年一月二十八日於小島。從這日記中，可以發現一段濃厚的友情、浪漫唯美的思緒，不過看不出有我所謂的「愛情」存在。米瑞兒。

譯註8——George Rodenbach，1855-1898，比利時法語詩人。

譯註9——Albert Samain，1858-1900，法國詩人。

譯註10——Molière，1622-1673，法國劇作家、演員。

譯註11——Jean-Baptiste Racine，1639-1699，法國劇作家。

04 這裡那裡 Ici Et Là

克羅德寫給米瑞兒

一九〇〇年三月一日於索倫堡

我發現克奈普的這座修道院，有嚴謹的紀律、飲食控制和豐沛的冷水。妳們應該也被送來這裡的，修道院有一側是專門收容女病患。

修道院院長問我問題，用他銳利的鷹眼打量我，一邊填滿了紀錄詳細的表格。他留下表格對我說：「可以走了！」

這一夜思緒奔騰難以入眠。晨曦中，兩名壯漢進入房間，他們身穿白衣，樣子像軍人，帶我下床之後，將一張粗糙的床單浸入一桶冷水中，然後擰乾攤在床上，示意我躺下。我摸了一下床單，拒絕了。

其中一位對我說：「在這裡不是服從，就是離開。」

我準備要和他們對抗。

另一個又對我說：「你試一次看看。剛開始會讓你感到害怕，但是結束之後你會感到無比舒爽。」

這番話挑起我的好奇心，於是躺上溼潤的床單。兩個男人用這張床單將我從下巴以下整個包住，再以毯子捲住我之後便離開了。

寒冷令我快要喘不過氣。當我停止打顫，卻有種清爽的感覺充滿全身，我什麼也不想就睡著了。真希望每天早晨都有這種服務。

來這裡試試看吧！

將這封信寄給安娜，因為我不能寫太多東西。

一九〇〇年三月二十日

我喜歡修道院的生活。我們在旭日初昇時出發，赤著腳在雪中穿過森林。真是難以想像的奢侈感受。同伴都患有精神衰弱，有些人的性格倒是討人喜歡。這裡一律禁止動腦，只有星期日晚上才能在大會客室裡畫畫。

我在遠處為一個膚色白皙，梳著英式髮捲的女孩畫肖像。她唱著歌，未婚夫在一旁陪著，他衣服的高領領口漿得挺直，看起來十分浪漫。他很有禮貌地過來問我：要來場決鬥還是撕了那張畫？我選擇將那張畫交給他。

一九〇〇年四月十八日

我淨告訴妳一些生活瑣事，同時要妳也寫生活瑣事給我。因為如此，這裡才准許我寫信。

我和一個患有廣場恐懼症，從艾弗涅來的學生滿要好的。他騎著腳踏車，輕鬆地跟著我到處跑，只不過每次都得牽著他，帶他步行穿過市區廣場。

院裡的冷水療法多元又有趣。我想妳一定可以發明出更多方法，成為修道院院長的得力助手。可以想見妳下診斷時的樣子……

我到隔壁村莊參與一場規模不小的保齡球。不知道為什麼，見到光滑美麗的黃楊木球，或者看著球在長長的滑槽前進，我便想起了妳們。

一九〇〇年五月二十七日

妳現在不看書，而且也睡得好。妳在信中說要和安娜、布朗太太以及克蕾兒，一起到隆河河谷上的膳宿木屋等我。真不敢相信！

克羅德的日記

一九〇〇年七月六日於席翁

在約好的時間裡，到河谷低處的教堂和安娜碰頭。她表現得很穩重，也做了禱告。直到走出教堂，才看到她率直的笑容。

她領著我一直往前走……到了一家戰槍射擊場，那裡正舉辦一場射擊比賽，男女皆可參加。原來她已經為我們兩人報了名。比賽規則：參賽者在三百公尺遠的槍靶上擊發五次，當天成績最佳者，可以得到集資箱裡所有的錢。

安娜趴在地上，整理一下裙子，開始仔細瞄準。五次擊發，每一次射擊後座力，都讓她的肩頭為之一縮。她射中好幾次靶，我也是。然而都不夠接近靶心，無法拿到大獎，但是就入場費而言已經回本了。

我們將腳踏車留在車匠那兒，揹著背包，沿著一條山路走。為了登上山頭，需要藉助雪橇板車，過程十分艱辛。我們要爬將近一千公尺的山路，而雪橇板車的纜線纏繞糾結，安娜必須緊跟在我身邊。實在太好了。

安娜一副英國山區居民的神氣走在前頭。雖然森林裡有青枝綠葉，還有樹蔭，可是我們仍然汗水淋漓。偶爾她會選一堆新鋸下來的木柴堆，仔細鋪上毯子，我們便躺下休息五分鐘。一路上，經常穿過同一道激流。安娜是這麼說的：「我們的朋友在山頂小木屋旁的岩石間，挖鑿了幾座精美的浴室，浴室裡有幾道小水流瀉淌而下，正好能替我們用力按摩。每個人可以選擇自己喜歡的浴室。」

如果安娜不在身邊，那麼這趟漫長的爬坡肯定十分無趣。她那平靜的微笑，深深感染了我。

「我們終於到了。你要不要嘗嘗激流的滋味？」她問我。

我們一起拿出淺水盆，保持距離，而後精神飽滿地走了出來。

安娜用力喊了聲：「呦！」結果從一棵彎彎扭扭的大樹中間，傳來較為低沉的「呦」回應著。是米瑞兒！

米瑞兒對我們喊道：「放下你們的背包爬上來吧！這裡是我的客廳，才剛完工，有三個位置。」

我們依她的話攀爬上去。米瑞兒將手伸給我，再一次握到她的手了。她的雙眼閃爍著。一陣摸索之後，三人保持平衡，一起坐在枝幹上。我專心聽她們的聲音、仔細看著她們。我們一起擬訂詳細的計畫……

米瑞兒說：「今晚再說吧，我們的母親等著要見我們呢！」

我們的媽媽坐在小旅館的陽台上。這棟旅館新近才落成，散發著樹脂的味道。兩位母親為我們辦了慶祝活動。房間的空間窄小，不過從窗戶看出去是一片覆滿瑪格麗特和黃花毛茛的原野。

有好幾個星期的空閒等著我們，但是我們不知道要從何開始。

亞歷斯和查理先後自牛津大學和學校來跟我們會合。原野上的草長得太高，無法玩板球，於是他們打起了壘球。

亞歷斯投的球平行掠過地面，我用未琢磨過的木棒擊出了飛球。兩個女孩動作非常靈巧，米瑞兒顯得過度認真、投入，引得大家笑聲連連。

壘球結束之後，我們玩起貓捉老鼠的遊戲。亞歷斯當貓，他遲疑著，最後選上了我，朝我撲過來。安娜拍手大叫：「好戲上場了。」一如往常一樣，我拔腿奔跑，忘記膝蓋所受的傷。草堆裡好像有個坑洞，膝蓋發出聲響，我突然摔倒，又感覺到那種熟悉的疼痛。亞歷斯讓我靠在他的腿上。

我臥床八天，之後有十五天必須靠著枴杖行走。姊妹們一直陪在我身旁。事發當下，克蕾兒也在場，這不是我第一次發生類似意外了，她甚至連起身關心也沒有。

我們三人又開始一起念書。米瑞兒已經懂法文了，安娜的程度也差不多。偶爾我會興起摸她們手的念頭。

八月十日

我和亞歷斯揹著背包，到山頭去獵岩羚羊。亞歷斯是這場遠征的隊長，帶著一把瑞士獵槍。

我們在兩千公尺高的地方紮營，亞歷斯教我如何將松枝層層疊架為床。在亞歷斯身上我看到了安娜的動作姿態；而從他臉上，依稀能辨識出安娜助人時的微笑。這是我在他身邊第一次感到自在。

我想像著，如果她們兩人也在這裡的話會做什麼。

突然一陣土石流，夾帶一棵樹皮已然磨損的大樹衝瀉下來。危險！我選擇背靠樹幹，面對著山巔。

亞歷斯說：「不對、跟我到樹幹底部去。」

「那裡很不安全啊。」

亞歷斯笑著對我說：「誰才是隊長？我稍後向你解釋。」

我照他所說的去做。有碎石子從高處滾落下來，其中一顆就砸在樹幹上。

「謝謝你，隊長。」

我們改在一座枯瘠的山口附近紮營。日出時亞歷斯拿著地圖，用小型望遠鏡搜索四周，然後吩咐我：「那裡就是岩羚羊聚居的高地。我一個人去，你留在這裡整理一下、看看環境、自己找樂子，順便準備晚餐。」

我正要向他抗議時，他將一根手指頭放在唇上：「我有責任保護你的膝蓋，況且我們只有一把槍。」

整天我就望著山區全景，看陽光的腳步推移。我想起住在山中的僧侶，還煮了燕麥粥。

黑夜降臨，仍然不見亞歷斯隊長的身影⋯⋯

難道發生了意外？需要通知城裡的嚮導嗎？

我等著亞歷斯到隔天中午，才負起沉重的行囊下山，途中還睡了一覺。

布朗家族表現得很勇敢：「亞歷斯身體狀況良好，個性又謹慎。他是被獵物耽擱了，不然絕對會回來的。」

搜救隊出動但一無所獲。在亞歷斯失蹤後第五天，我們收到一封電報，寫著：「亞歷斯因為無意間闖入岩羚羊保護區，在鄰區遭到逮捕，此刻正在監獄，幾天後將接受審判。」

我們到監獄去看他，鐵欄後的他神情愉悅。幾位穿著藍色工作服、戴著紅色帽子的農民組成了法庭，負責審理這件案子。他們接受了亞歷斯的誠心道歉，只判他償付一大筆罰款。而這場歷險拉近了我和亞歷斯的距離。

一九〇〇年九月五日

整個夏季猶如活在夢中。和她們倆在一起，一切是那麼自然。每天都有關於她們的事情可寫，不過我還是寧願只是看著她們。

小木屋九月時關閉，亞歷斯和查理返回英國。安娜為了雕塑事宜，和克蕾兒回到巴黎。

我和米瑞兒這兩個已經恢復健康的病人，跟著布朗太太在盧森湖畔又度過了十五天。我整天跟著米瑞兒窩在平底小船上，要划這種船必須站立著，面朝前方而雙槳交叉於身前。我們在船上用餐，米瑞兒教我如何準備餐點。我一定會很想念她的。

我們曾發生過幾次衝突，不過很快就言歸於好。她覺得我是被寵壞的獨生子，又是法國人；我則覺得她太粗暴，對自己太有自信。我做了一首描寫她、湖水和月色的詩，寄給我的朋友喬。喬回信寫著：「你會愛上她。」

這是不可能的。我愛的是她們倆。

某夜暴風雨突然來襲，狂風將雨篷掀起，我們的船被暴風和驟雨牽引著。船槳完全派不上用場，我們被吹到海岬邊，擱淺在一棟透出亮光的別墅後院。房子主人看到渾身溼漉且精疲力盡的我們，以為是對情侶，準備了一間有雙人床的大房間給我們。他們可真善解人意。難道這是命運的安排？

為了不讓布朗太太擔心，我們沒住下來，冒著雨步行離去。

隔日我和米瑞兒以及布朗太太，一起乘纜車上山去遠足，原本預定回去吃晚餐，沒想到夏季特別開放時段結束了，直到晚上十點才搭上火車下山。火車顛簸前行，每站皆停。車廂裡只有我們三人，寒氣不斷滲入，也沒有外套禦寒。

布朗太太開口了：「如果再不設法保暖，我們都會感冒的。米瑞兒，妳還記得去年和亞歷斯玩過的遊戲嗎？妳知道的——擠檸檬。」

米瑞兒回答：「母親，真是個好主意。妳來坐在椅子正中間，克羅德坐左邊，我坐右邊。克羅德，我們背靠著我母親，腳撐著車廂內壁，往中間推擠。」

起先我覺得這種舉動十分無禮，後來也覺得既實用又有趣。我和米瑞兒猶如球員，而布朗太太則是一顆球，隨著球員的動作忽左忽右。

米瑞兒對我說：「換你坐中間。」

我照著做，然後她開始推我，力道比我想像中還大。布朗太太也使出同樣氣力，像是回應著她的女兒。偶爾她們高聲數數並同時搖動身體。我第一次感覺到布朗太太也可以很靈巧、很迷人。

至於米瑞兒，她持續用力，但是這種行為讓我感覺很不得體。幾個月以來，我總是小心翼翼，甚至避免碰到她的手指頭，或是直視她白皙的雙手太久，而現在她卻將背部貼著我，全力推擠我。

輪到她當檸檬了。她全身不可思議的柔軟、富有彈性，太陽穴邊沁出了汗珠，我不敢嗅聞她散發出來的氣息。

「我想這樣夠了。」布朗太太結束遊戲。

布朗一家人啓程回英國，而我則是向軍營報到。

05軍人克羅德 Claude Soldat

克羅德給米瑞兒和安娜

一九〇〇年十二月九日於馬延納

由於我的膝蓋有傷，負責新兵入伍的人員本來要我延遲入伍，可是我不願意。現在我身處諾曼第和布列塔尼之間，同袍全是農夫，而我對勞動的事情一向不在行；前幾個星期會很辛苦，不過很快會過去的。我是整個軍營裡表現最好的一位，射擊精準（當然比安娜差一點），跑百米又是第一，因此獲准每個週末可離開軍營到城裡去。我知道自己一直是個被寵壞的小孩（這妳們也同意），所以儘管辦公室祕書的職位讓人羨慕，我還是拒絕，反而挑了最繁雜、骯髒的雜務。每個清晨我都站在練兵場上看著日出。操練兵器是件有趣的事。

地面覆滿了雪，我們用長凳將積雪推到大廣場上。星期日我騎著自行車，踏著皚皚白雪四處兜風。這是我和妳們在心底對話的時刻。

一九〇一年一月十五日

起霧了，積雪融化成淤泥。我發著燒，但還不到需要特別照護的程度。整整兩天我就在軍營走廊上遊蕩，並且直打哆嗦。後來還是住進了醫務室。

接下來發生的事，妳們一定會以為是我編造的。

在醫務室的頭一天晚上，我突然感覺到床在移動而自睡夢中驚醒，原來是「蒙馬特俱樂部」成員正將大廳裡的病人移到其他兩間較小的病房，好進行他們的表演節目。今晚副職軍官在城裡過夜，不會來個突擊查房。午夜鐘聲響起。三名巴黎人將繩索從窗戶的鐵條間垂直放下，收回時繩子上已經綁了好幾瓶酒。醫務室裡發高燒的病患安置妥當後，其他病況較輕微的患者全都聚集在大廳裡。透過報紙做成的燈罩，燭光朦朧，一場蒙馬特晚會正上演著。「蒙馬特俱樂部」成員以雪茄盒克難製成的吉他伴奏，唱著知名歌曲改編而成的曲子、諷刺歌謠及傷感的情歌。他們也暗諷了軍營裡的事物。他們不怕坐牢，只怕被送去懲訓部隊。

三位主角還邀請觀眾大聲重複歌曲的副歌。有錢的人出錢喝酒，沒錢的人也可以喝。他們三人不必擔心，因為這些農夫觀眾表現得很忠實。每個人喝的酒都在控制之下，以免喝醉而喧鬧起來，驚動了守衛。

不久我也參加了這個晚會。這三位藝術家是此類表演的傳道士。

我在醫務室住了十天，妳們的身影不停在我腦海中盤旋。我看到米瑞兒身穿護士服，微笑著整理醫務室，而安娜在吉他手旁邊拉著小提琴。

一九〇一年四月二日

在醫院待了一個月之後，我回到克蕾兒身邊休養六個星期。待過軍營之後，現在看我學生時代的房間，簡直像座天堂，我在天堂裡很快康復了。在克蕾兒和醫生的鼓勵之下，我決定要實現一個舊時的夢想，於是，為了參觀普拉多（Prado）

博物館，專程去了西班牙八天。

克羅德的日記

琵拉

一九〇一年五月

（這是我私密日記的一部分，目前不能給妳們看。不過我的姊妹們，有一天妳們會看到的，畢竟我們之間沒有祕密。我並不後悔寫下這些，因為我只是一字不漏記下我的感受，不過對妳們而言，這部分的日記像是我的告解。）

靠近馬德里

我要搭的火車已經誤點了差不多八個小時，不過在西班牙這是很正常的事。我的座位在二等車廂，車廂內只有我一人，挺無聊的。三等車廂似乎十分熱鬧，於是我坐到那節車廂裡。身邊的旅客不停地對我說話，我知道他們問的是什麼老問題。他們請我喝幾口酒、抽菸。往往上一個剛遞給我，下一個馬上又把菸、酒遞上來，速度之快，讓我懷疑起他們是否藉此嘲弄我。原來不是。

布爾戈

我逕直走入大教堂。門外是燦爛的陽光，門內一片昏暗。教堂裡沒有椅子，我被躺在地上的教徒絆了一下。小教堂在光線照射下耀眼奪目，我走了過去。大蠟燭台閃爍著光芒，一位神父正在舉行祭禮，兩位僧侶雙膝跪地。臨側的小祭壇裡沒有光線穿透，伸手不見五指，突然奏起了一段短音節的軍樂，讓我驚跳起來。

第一排信徒當中，一位年輕少女隨著其他人一樣雙膝跪地，看起來靦腆，動作反而顯得激動。當一聲宏亮的「Mea Culpa」[12]響起，她搥起了胸膛！應該弄疼自己了吧。她身上的首飾樣式簡單，具有野性的風格。

我的視線跟隨著少女。祭禮過程當中，她看了我一眼。當小教堂裡的人群慢慢散去，只剩她還匍匐在地。小教堂裡的蠟燭一根接著一根熄滅了。

她起身後輕輕隱入黑暗的堂殿。我跟隨著她，無意中撞上了柵欄，回神已不見她的身影，我也迷失了方向。我慢慢摸索，朝著出口的小燭光前進。

她突然從微光中出現，朝著聖水缸前行。我將手指浸入聖水缸中，然後伸到她面前。她伸出手指蘸了蘸我手指頭上的聖水，我們互相畫十字祝福。

我替她將門扇推開，等她經過門之後，我隨後跟上。再往前走個兩步應該還會有另一扇門。現在這個木製玄關裡暫時只有我們。剛剛傳遞過聖水的手指，再一次交纏在一起。

「你會說西班牙文嗎？」她問我，聲音平緩。

「還可以。」我突然為自己之前學過而感到慶幸。

「如果要你保持距離地跟著我走，直到我回頭為止，你願意嗎？」

「願意。」

她很快地走出去，而我裝作若無其事的樣子走在她身後，距離約二十步遠。

她披著頭紗，頭上插著高聳的髮篦，手持扇子。好幾個男人向她恭敬地打招呼，也有一些女人向她揮手致意。她以迅速而堅定的腳步前進，像隻驕傲的公雞。我就要在陽光下看到她的雙眼了。我尾隨她來到一座公園。公園的入口人聲鼎沸，靠裡處則空無一人。她放慢步伐猛地回過頭來，輕巧地坐上石椅，挺直身軀。

我在離她兩步處停了步伐，她示意我坐下。

我仔細端詳著她。

「夠了！」她不耐地揮了手，「你叫什麼名字？」

「克羅德。」

她很認真地重複念了三次我的名字。

「我叫琵拉。」

「琵拉……琵拉……琵拉……」我學著她，認真念了三次她的芳名。

「你想怎樣？」她抬起了睫毛。

我用指尖碰了碰她蘸過聖水的手指。

她就這樣讓我碰著她的手，並不收回，我親吻她的手指。我們的雙眸相互傳遞心意。我很清楚她對我沒有惡意，此刻只覺得體內彷若地中海般澎湃洶湧。

琵拉對我說：「我與母親同住。不過有個朋友可以將她住的地方借給我，你再跟著我來吧！」

就這樣，我們開始了第二次幸福的散步。琵拉穿過房子群落間的狹窄縫隙，下樓，上樓，開啓一道鐵門，穿過一座小花園，從一棟房子下走過，九十度轉彎，爬上一座樓梯，走過露天陽台，進入一間地面鋪有石板的白色房間。房裡有一尊黑色耶穌木雕，還有一些紅色鮮花。床上二顆大枕頭並列，厚重的床單顏色鮮豔。

琵拉在我的唇上輕輕一吻。接著發生了無法想像的事情：她輕薄的衣衫飄落，接著是我的衣服。我們一起到了床上。

「這是我的第一次。」

「這可能嗎？」琵拉開心地笑著。

「我直到十一歲，還以為公園裡的裸女雕像沒有小小的男性性器官，全是因為雕塑師害臊的關係。後來我在畫室看到了裸體模特兒，才發現原來真正的女人不是我所想像的那樣。」

「那我呢？」琵拉問我。

「妳是一個真正的女人。」

「繼續說吧，這樣我就可以多了解……」

我真是齷齪，怎麼會做出這種事？對這位琥珀色頭髮的女祭司，我只有尊敬而已啊。在她的雙臂之間，我感覺自己像年輕樹幹般成長茁壯，成為一個男人。我既訝異又充滿感激。倏地她柔軟的掌心摑著我的臉，將我推開且離我遠遠的，眼中滿是悲傷。她喘息著。

我眼前浮現了米瑞兒和安娜的臉龐，真是奇怪。她們倆跟琵拉是同類型的人嗎？如果有一天她們愛上了別人，也能像這樣完全奉獻，毫無保留嗎？米瑞兒和安娜屬於另一個世界，而我也就快要回到那個世界了，我現在所做的事，在那裡是不容許發生的。

夜幕低垂時，琵拉吃著冷蛋卷，問我要在布爾戈停留多久時間。

我回想了一下，回答她說：「到明天早上。」

「你想要待久一點嗎？」

「想啊。」

「那你為何要走？」

「因為我是個軍人（我想起《卡門》的劇情）。我要去馬德里，然後回到巴黎，而且我也沒有多餘的錢。」

她靜默了一會兒，然後開口說：「聽著，我也沒有錢，不過我有個主意。你和本地的男生不同，對這裡的女孩子來說，你就像個珍品。我有個朋友擁有一棟漂亮的房子，很有興趣結識男生。今晚讓你和她見個面，如果彼此都有好感，那麼我們就可以在她家待上幾天。」

我想留下來，是因為琵拉。她的朋友只會讓情況變得複雜，同時琵拉的這項提議，讓她在我心中的定位變得不同，但我不會因此而不喜歡她。可是我那北方同盟主義的思想慢慢累積，卻又相互對立。我有預感，如果我留下，會做出對不起安娜和米瑞兒的事。

琵拉看著我的眼，從中讀出我的心思。

「如果你一定要走，那麼最好馬上就走。」說完話之後，她跳下床。

她穿上衣服，結束這場我覺得有趣的遊戲。我的動作較慢，她著裝完畢之後，便看著我穿衣服。她對著耶穌像畫十字；我將手錶上裝飾的紀念章摘下來要給她。她聳聳肩收了下來。她對我的態度又變得矜持，帶著我走到房屋間隙的盡頭，途中一直和我保持距離。她左盼右顧之後，示意四下無人。等我走到她身旁，她將手伸進我的髮中，然後將我推走。

我感到非常孤獨，找了間旅館過夜，猛然想起忘了向她要姓氏和地址。我再也見不到她了，多麼希望能夠寫信給她。

對於聖水缸前的奇遇，我懷疑著其中的蹊蹺。不過，任何事情都不能損害或是更改它所帶給我的感覺。

（接下來是我在馬德里寫的手記，或許將來也會給米瑞兒和安娜看。）

一九〇一年五月底於馬德里

我在太陽門廣場的一家旅館投宿，和一位經銷商在餐桌上交談。他今年四十開外，唇色暗沉，穿著白色襯衣，戴著黃金項鍊。談話當中，他建議我應該趁著年輕的時候結婚。他絮絮叨叨重複說著他妻子如何為他的生活帶來歡愉，還給我看了她的肖像。據他說，他妻子的條件比他好。他還邀我只要經過他們住的省分，一定要去拜訪他們。當晚，他進一步向我吐露心中的祕密——

因為工作，他每年必須花上數週往返於西班牙的大城市間，這段時間內，妻子不在身邊，因此無法多分給對方一些時間和心力。可是對男人而言，女人十分重要，一刻沒有女人，自己彷彿失去了方向。為此，他特別做了安排。每當住進飯店之前，他先發電報給飯店，寫有暗語，讓飯店人員找尋絕色美女並送到他的床上，如此一來他便可以在商務旅行中不斷臣服於女人的石榴裙下，並且拿這些女人和妻子做比較，回到家裡就會覺得自己的妻子更為動人。

我問他：「如果有一天，你的妻子無意中發現了呢？」

「那將會是悲劇，」他含糊地回答，「不過是不可能發生的。」

「萬一你的妻子在生活上，主動落實與你相同的原則呢？」

有一刻，我懷疑對面這個男人會拿點心刀刺我。刀子若沒刺向我，應該就是賞我一耳光吧。不過這沒有發生。他好不容易平息了怒火，帶著一種像是遭受背叛的悲哀對我說：「你太年輕了，又是法國人，才會無心說出冒犯的話。你完全不了解在西班牙所謂的理想夫妻，其定義為何。我愛我的妻子，其他的都不重要，你剛才提的假設，簡直是天方夜譚。」

「說得好！」我回答。

這個男人恢復了熱忱的態度，他的率直表露無遺。

他決定帶這位他口中的「善良法國人」去享受西班牙風情。隔天，他不經意向我提及陪宿一夜的價錢，還有飯店找來的女人素質如何。他說，只要飯店負責牽線的人告訴旗下的「女顧客」，說你們是朋友而且你很會獻殷勤，人品也不錯，那麼為你服務的女人一定素質良好。當然，他們旗下也有平庸的女人，專門接待醜男或是吝嗇鬼等類型的客人。

價錢還算合理，可是我心裡想的只有琵拉一人。

用完晚餐，他瞞著我，帶我到一家看起來挺整潔的妓院。他請我喝了杯紅葡萄酒。那裡的女人雖然已經有點年紀，但仍具有西班牙女人典型的辛辣……他對我說：「年輕人自己設法應付吧！」

一個年輕的女郎裸著身子跳舞。周旁兩名外國人端詳著裝在自己口袋裡的搪瓷菸灰缸。經銷商說：「如果他們以為可以在這種地方為所欲為，那他們就錯了。」話雖如此，他還是和那兩人開始交換彼此知道的奇聞軼事。我趁他們不留意之際開溜了。

我獨自走回旅館，路上不見行人蹤影。

有兩個男人走近我，我們之間的距離大概有幾步遠。最靠近我的那個人，模樣年輕、姿態靈活，他將外套披在肩頭上，步履蹣跚。他靠近我身旁時，突然挺直身子衝向我，手指伸直，迅速對著我的小腹揍了一拳，疼痛劇烈，以致我無法喊出聲。我想我快要不支倒地了，靠著牆壁，準備拿出口袋中的槍枝。

「蠢蛋，你沒有把他解決掉。」另一個男人說著，他們就這樣看著我，等著我倒地，就像等著公牛因為鬥牛士的刺殺而頹然不起。他們並不是特意來尋仇的，只拿走了我的錢包。看樣子他們之間應該有個行規，否則依照我現在的狀況，可以圍過來打我一頓，並且完全不用擔心我會還手。

他們從容不迫地離去。我調整了呼吸，順利拿出手槍，可是已經沒力氣扣扳機，而他們又已經走遠了，於是我步履艱難地回到旅館。

旅館門房對我說，在西班牙這種事發生的頻率極高，警察也無計可施，最好的防身方法就是自己小心謹慎。到現在我的小腹還感到疼痛。在我的西班牙之行，這地方占了很重要的部分。我會寫信告訴妳們關於普拉多博物館的見聞。

克羅德給米瑞兒和安娜的信

一九〇一年六月於勒曼

我重返了軍營，此時也正是氣候宜人的夏季。我現在是軍官學校的預備生，自己也報名成為大教堂的敲鐘人！大教堂的大鐘掛在橡木上，每到星期天，我和三位同學就攀上釘入橡木的梁柱。我們扶住了把手，施加重量而後放鬆，一同搖晃這座銅製的龐然大物。在它發出轟鳴之前，我張開嘴巴以忍受這種音量，同時想起了與米瑞兒在聖母院的情景。

一九〇一年八月六日

我們成立了一個前所未有的自行車小隊，而我是隊長，隊中共有十一輛橡膠實心輪胎自行車。必須在六小時以內騎完六十公里的路程，才有資格被選入小隊。我的姊妹們，依照妳們騎自行車的速度，可以當我們隊上的輕步兵了，當然，妳們同樣也要露宿野外。

小隊埋伏在一座農場的地窖中。當敵軍的上校和他的智囊團在大路上行軍時，我們透過地窖的通風窗向二十公尺以外的他們射擊空包彈。我們被俘虜了，上校威脅著要處分我們。但是對我們小隊而言，他應該算是陣亡了。

一九〇一年九月十九日

村裡有六座「窯子」，其中有兩座分別因為是最簡陋和最奢華，在士兵之間享有盛名。從好久以前，我便告訴自己應該應妳們的要求進去看看，再向妳們敘述裡面的情形。

我先到最簡陋的那家。在門前高掛的紅燈籠下，我按了門鈴然後推開門。一陣強烈的酒氣撲鼻而來，士兵雙肘支在骯髒的桌上，滄桑的女人頭髮蓬亂，枕頭早被捅破了，白色石灰牆上的裝飾，是醉鬼在牆上打破酒瓶所留下的酒漬。我不知道如何加入談話，於是離開了那裡。

最常光顧第二家的客人，是士官、公務員和市民。每當客人進入或離去時，樓梯就會封閉起來，好讓客人能夠隱匿自己，不被人發現。

這家的一切都經過琢磨。裡面的女子裝扮自然而不招搖，到處充滿輕鬆閒暇的氣氛，沒有人會勸酒。我表明：「我只是來找人聊天的。」

自稱是茱麗葉的女子走到我身旁親切地說：「好的，我向夫人通報一聲。」

那位夫人過來了。她是一位身材矮胖的中產階級，棕髮，眼神靈活。她先確認我是否會按收費標準付費，而後同意陪我和茱麗葉喝杯茴香酒。

有人按了鈴。是一位見不著面孔的客人指明要找茱麗葉。夫人想派其他女子來代替，我告訴她：「我比較希望與妳們聊天。」她笑了笑重新坐下。

「這裡真是乾淨整潔。」

「我為這裡貢獻了所有心力。真高興能聽到你這麼說。」

夫人在桌上擺了三朵玫瑰。她只想說話。我問她問題，她便開始述說。她自認為是讓市政運行的齒輪，地位等同市長和上校，她也去見過這兩位人士。

「我這個地方維護了公眾健康與家庭和諧，使其免受單身者擾亂。在我這裡，沒有人患病，也沒有醜聞發生。」她在我面前，拿自己的地方與巴黎一家有名的妓院，謙虛地做著比較。真是個認真負責的女人。

米瑞兒給克羅德

一九〇一年八月十二日於小島

我躺在吊床上讀著你的來信。我好怕。當我向你說我怕的時候，你總是會問我害怕什麼？我想，那是因為我不懂法文中害怕這字詞的含意與用法。

當你對我說起如何閱讀我的信時，讓我擔心起來。不應如此。也許我會因此而微笑，可是我感到困窘。

你說你從橋上跳下水，我真替你高興，可是別說是我幫你忙的。別這樣認為。你經常到城裡去參加召靈儀式；你說你不是很相信這類事。不過，參加這些儀式是十分累人的，不是嗎？如果是，請多多照顧自己，否則你母親會擔心的。我很想聽你和同袍星期四的談話，還有親眼看看你們結束談話之後的遊戲。

你相信輪迴轉世嗎？我在這裡發現了羅斯托夫．皮埃爾——《戰爭與和平》的主角之一。下回等你來這裡的時候，我會指給你看。當我遇見他的時候，我總會盯著他瞧。他不曉得我已經認為他就是羅斯托夫了。

一九〇一年八月十四日於倫敦

我想，每個女人都有自己命中注定的男人，那個人是她的丈夫。當然一生中會遇到許多男人，或許可以給她一個平靜、有意義，甚至愉悅的生活，但只有一個男人會是理想的丈夫。

那個男人或許死去了，或許沒有機會遇上她，又或者娶了別的女人，為此，她最好能保持單身。每個男人也都有命中注定的女人。那個獨一無二的女人，就是他的妻子。我和安娜從孩提時開始，一直如此認為。

至於我呢，大概是不會結婚的，因為我有這項使命，必須由我獨自完成。如果上天讓我遇見了那個男人，我會嫁給他。

八月二十一日

我寄給你一些書，可是我不懂為何你母親反對我寄書給你。她將那些書都擋下來沒有交給你。她寫信告訴我說，你一直都太過勞累了，同時現在正值大規模演習期間，因此你不能寫信也不能收信。

譯註12——拉丁文，承認過失，懺悔、認罪悔過之意。

06 克羅德在倫敦 Claude À Londres

克羅德給安娜

一九〇一年十月五日

我退伍了。急著想見到妳們兩人。十天之後，我將抵達倫敦。

安娜給在倫敦的克羅德

一九〇一年十月十五日於小島

你能直接來見我們真好！可是我們目前無法即刻前往和你會面，因為島上的房子正在翻修，差不多一個月後才完工。我們家族的朋友戴爾先生邀請你去他家作客。他是位銀行家，我和他兒子在巴黎一起做過雕塑。至於米瑞兒，由於她負責砌磚，所以無法寫信給你。將你在戴爾先生家的情形，付諸信紙寄給我們吧！

克羅德給安娜

一九〇一年十一月五日

戴爾先生是位個子小、圓胖、精力充沛的男人，還會彈奏自動鋼琴。他的房子十分精美。他認為大英帝國在歷史上的地位，起碼等同於羅馬帝國，此外他還認為講求個人權利之前，應該先盡到自身的義務。

他將放在個人浴室的拳擊球、划船器，以及他的自動鋼琴借給我。他在城裡那座高雅的事務所、其內部組織部門以及成員，他也向我一一介紹，還帶我參觀下議院。在下議院裡，有著講求高效率的氣氛，讓我感到興奮，我背著手，在助理辦公室裡闊步行走。一位佩戴人形紋臂章的警員對我說：「您不需如此興奮。」

我回答：「謝謝。」

男子俱樂部的成員協助國家決策思考，讓我心生嚮往。我亦尊敬海德公園裡的自願演說者。他們站在箱子上宣告他們的真理。

戴爾先生開玩笑地解釋：「我不能再提供更多服務了。我無法想像自己還能多做些什麼。我沒有用處了。」

「有道是，一個男人達到了生產效能極限，便可安心享受成果。」

「總是可能有更好的生產效能，此外，安心享受並不是英國人的風格。」

在與戴爾家庭成員進餐時，大家聊著，話題重心突然轉到妳們身上。我告訴他們，是妳們讓我對英國產生好奇，同時我還說出對妳們的想法。

戴爾先生說：「可是像她們這類型的女孩，在英國比比皆是。我認識的一些倫敦女孩，就和她們兩人相去不遠。（我的姊妹們，妳們也說過同樣的話）到底你在她們身上看到什麼特別之處呢？」

「誠懇、謙虛、樂於助人、活潑、風趣、人格特質還有文化素養。」

「算了吧，這些都是典型英國人的特點。」

戴爾夫人問我：「那麼法國女孩如何呢？」

我回答：「啊，我認識一些出色的女孩，只不過目前我對她們沒什麼想法。」

戴爾先生又說：「我有一位年輕的女同事才剛嫁給法國人。而我的長女卡洛琳，她的護花使者之中，有一個是西班牙人。一開始我不是很高興，不過，這是卡洛琳自己的事情。」

卡洛琳微笑著，臉都紅了。她問我：「你會娶英國女孩嗎？」

「儘管我還沒成熟到能考慮婚事，但是這很有可能。」

「你認為不同人種之間可以通婚嗎？」

「如果直覺告訴他們，不同人種之間可以通婚，那麼當然可以。」

戴爾先生說：「有些思想家和藝術家能傾聽自己直覺的聲音，當然很好，可是婚姻不能光靠直覺作為基礎。」

戴爾太太對我說：「你母親對我而言，就像是個朋友。她有些想法和英國人十分接近。那麼，你如何將她歸類呢？」

「我不會歸類她，因為我是她的一部分。當我還小的時候，我想著要娶她。」

「就法國人而言，克羅德還算不錯。」在哄堂大笑中，卡洛琳的妹妹如是說。

安娜給克羅德

十一月二十日於小島

和你一樣，米瑞兒也認為不能因為戴爾先生家的殷勤招待而叨擾太久。我們有個朋友米歇爾先生，他住在湖邊，已經在自家屋子裡騰了個房間給你。打個電話給他吧！

我們的整修工作有所進展，你很快就可以看到成果了。

克羅德給安娜

十一月二十二日於大英博物館

米歐爾先生在我的桌上放了一束小小的帕爾瑪紫羅蘭。和戴爾先生家比起來，相對欠缺備受尊寵的感覺，不過浴室空間比較好，我試著在浴缸中游泳。

我和米歐爾先生在一片青翠綠蔭之中散步。他將公司的船隻當作自己孩子般愛護。通常用戶和船組人員之間毫無交集，以前甚至發生過互相對立之事，但是他成功讓兩者之間建立了友好的關係。他非常有耐心，時時散播和諧的氣氛。他的眼神和聲音透著溫煦愉悅的光采。他有野心，不過他的野心是為了實現自己的想法，而不是為了己身成就。他非常尊重妳和米瑞兒兩人。

十一月三十日

從我眼中看到的倫敦如下——

每天早晨，我會到大英博物館裡的圖書館看書。博物館莊嚴的穹頂建築、館內寬敞的藤椅、厚實的書桌、豐富的藏書以及簡便的手續，在在令我感到景仰。當然，我沒因此而忘了巴黎馬札林娜圖書館。在那裡，我在巴特農神殿的神像前踢足球，追捕著埃及獅子。

我在求知學會看到了蕭伯納[13]本人以及他那嘲諷式的微笑。學會成員說話的速度以及相互的譏諷，讓我無法應付。

我一次只能與一位英國人談天。因為只要兩位以上，他們彼此就會靠在一起，不將我放在眼裡。我認為英國人基本上都好談論、倨傲、冷漠，並且缺乏想像力，不過史登[14]的遊記《感傷旅行》，我倒是重複讀了幾次。

我喜歡乘坐倫敦的公共汽車。不過這裡的公車覆滿了廣告，讓我看不出終點站為何。我對米歇爾先生說：「這一點都不實用。」他則向我解釋，既然客戶知道可以如此利用公車廣告，這種方式又確實刺激了大眾消費，為公司帶來利益，就表示這種廣告非常實用。

在公車頂層，我用固定於車椅、專門用來防雨的皮布包覆自己，正好可以遮蔽身體。我撐起了雨傘，護住其他坦露的部分，我搭車前往遠方的終點站。在那裡有一排排的小房子，每一棟都是獨立門戶、外觀簡約。

當霧越濃，我越開心。我將防霧罩戴在嘴巴上。

十二月四日

難得一次坐在公車內。

車廂裡擠滿乘客，我坐在車椅上。一位年輕女士站在我面前，我們之間距離相當近。她扶住一根鐵柱，手上戴著手套。我將座位讓給她，她冷冷地搖頭拒絕。

她棕髮、窈窕迷人，給人的感覺像一隻外觀完美無瑕的昆蟲。她的側臉帶有典型英國風味，我仔細端詳她，想將她的側臉牢記在心。她發現了，皺起眉頭往後轉身。她向查票員問問題，聲音猶如蜂鳥般尖細，彷彿可以穿透人腦。不曉得她是如何對待她丈夫的。

清晨時，我則喜歡搭地鐵。

我搭的那節車廂，上來了大約二十多位軍人，他們人數眾多，占滿了長長的車廂。這些軍人穿著卡其制服，配著槍，揹著背包、提著裝了器皿和被單的包裹，看樣子好像正在進行一場小型的移防。

最後上來的是他們的長官——一位身材高大的中士。他穿著樣式高尚的緊身制服，五官俊美。雙手空著，簡潔有力地發號施令。

正當車門準備關上時，一位年約二十，小家碧玉型的金髮女孩，赤著玫瑰色的雙足，微笑著跳上車廂。她扛著一把槍，提著看起來沉重的皮製公事包。應該是那位中士的妻子吧。

她穿著一襲樣式簡單的灰色裙裝，氣質因而顯得高雅。她是整個英國民族的化身。我替她冠名為「不列顛」，並非那個被漫畫嘲諷的「不列顛」，而是嶄新的「不列顛」。

那些軍人和她說話的口氣，像是將她視為值得尊敬的同志。她跟著丈夫在軍營裡生活嗎？她如何排遣時間呢？看她臉的肌膚，口渴時應該只喝牛奶吧。

她就像隻小狗，一逮著機會便熱烈歡迎主人——即那位中士。即便沒有機會，也能設法尋找。她黝黑的雙瞳讓人聯想到狗兒的鼻子。

她將自己的棕色新鞋，以鞋帶繫起掛在肩上，一隻鞋垂在胸前，另一隻則垂在背後。鞋太小了嗎？來不及穿上嗎？

她裸著的雙足在車椅前，看起來就像放在草墊上的兩顆草莓。

沒有人注意到這群人。

一位婦人將一籃紅蘿蔔擺在他們旁邊。

在早晨七點之前，乘客有權將新鮮蔬菜和赤足帶上地鐵車廂嗎？

這群軍人我怎麼樣也看不夠。我想，如果我加上他們長而有力的臂膀，握著槍，不就正好成為一幅現成的募兵海報嗎？

這一小隊軍人下了車。不列顛的主人打了一個手勢，她便彎下身拿起一袋毯子，扛在肩頭心滿意足地甩著，模樣像個悠哉的運動員。

她找到了心目中的男人——儘管這個男人有著嚴重的倫敦東區口音。我參觀了東區白教堂的大學校區，坐落於貧民區。如果他們願意接納我，我願意在此生活。

安娜給克羅德

一九〇一年十二月五日於小島

翻修工作終於結束了，家人也都累壞了。我們要休息一個星期。週日，你的房間將會布置妥當。

譯註13——George Bernard Shaw，1956-1950，英國劇作家。

譯註14——Laurence Sterne，1713-1768，英國幽默作家，現代心理小說的先驅。

07 小島 L'île

克羅德的日記

一九〇一年十二月十日於倫敦

我騎著自行車，越過了小橋，終於抵達小島，我不禁「啊」地歡呼了一聲。我站在門廊下按門鈴，安娜出來開門，笑臉迎人。終於又見到了安娜，我掛起短外套之後，她領著我進客廳。布朗太太對我表示歡迎。客廳裡不見米瑞兒的身影。我們愉快地聊著。在米瑞兒回來之前，我還不想向她們敘述我的倫敦見聞。米瑞兒去旅行了嗎？

「米瑞兒一定是在花園裡處理需要盡快完成的工作。等會兒就會來了。」布朗太太說了這番話，讓我鬆了一口氣。布朗太太問我軍中的生活情景，她坐在我對面，面向大窗戶，而我則是背對著窗。窗外應該有什麼風吹草動，所以她一直看著窗外並且露出微笑，我不清楚是怎麼一回事。

半個鐘頭之後，米瑞兒穿著園丁服現身了。她的氣色極佳，但是臉上帶著拘謹的表情。為什麼會這樣？

安娜給我看她的雕塑作品，看得出大有進展。她告訴我，米瑞兒為村裡的孩童和少女授課，耗費了極大的心力，因此她又和以往一樣，過度疲勞。

大家早早就寢。夜晚時分，一層霧氣低低籠罩著小河。我想著米瑞兒，所以睡得不好。將近半夜時，我從窗外望向小島。小島彷彿是座城壕，護著愛倫坡[15]筆下的烏麝家古堡。在烏麝家，為了展望未來，從不保存與過去相關的事物；而這裡卻是相反，此外，也沒有廳房會傾圮墜落。斗大的月亮在高空照耀著，我穿上大衣走出房門到橋上。米瑞兒竟然也在那裡，我見到她就在日晷旁，穿著淡色睡袍，雙肘支著卵石石桌，以拳頭撐著下頷。她如夢初醒般地對我微笑。

她對我說：「我正在和你對話。」

突然之間，她的言談、舉止就和往常一樣。她揮別了什麼樣的陰霾？

我們發覺克蕾兒因為害怕我們的健康出問題，竟然攔截了我們的信件與書籍，她的反應實在過度。沒錯，米瑞兒的雙眼疲憊；沒錯，我在醫院住了一個月。可是這種行為一點也不光明磊落，也因此我們都誤會彼此可能不在乎對方了。

我對米瑞兒說：「從此，只有我們親口說的話才算數。」

「無論好事或壞事，一定要立刻說出來，不要放在心裡。」

我們談話直到夜深，隔天我們將前一晚發生的事全都告訴安娜。安娜聽著，臉上散發出光采。

我們三人小組重新展開學習工作。

她們倆帶我看水車、豌豆田、牲畜、小樹林、老農夫以及他的家庭。從每週六午後到週一早晨，這座小島成了我一星期以來最好的獎賞。

我們去看豬圈，豬圈裡共有十二隻粉紅色的豬仔，剛沖完涼，在小院子裡散步。小院子用一道矮牆與另一個空蕩的小院子相隔。

米瑞兒問我是否有碼錶。

「喏，在這裡。」

「我們三人來比賽吧？」

「好啊，比什麼呢？」

「我們將這些小豬從這裡抱到隔壁的小院子裡去，過程中不能讓小豬尖叫。如果只是低聲嗥叫，那沒關係。最後看誰的速度最快，就贏得這場比賽。」

我和安娜皆無異議。

安娜拿了我的錶，對米瑞兒說：「就由妳開始吧，讓我們看看妳的厲害！預備！一、二、三、跑！」

米瑞兒低下身子，用全身的力氣捧起一隻小豬，緊緊抱住之後，往目標跑去，然後輕輕地將小豬放下。這不是件容易的事，小豬圓滾滾的，肉又肥又多，抱著滑手，又會蹬著四肢掙扎。有些小豬不高興會斜眼瞪人，最後一隻小豬還拔腿就跑。不過，沒有一隻小豬發出叫聲。

安娜將錶交給米瑞兒，由米瑞兒發令起跑。安娜將小豬圍在前臂，匆匆忙忙到了隔牆的小院子，俯身放開小豬。和米瑞兒相比，安娜讓小豬從較高的位置落到地面。當安娜重新捧起一隻逃脫的小豬時，還讓那隻號叫著的小豬從手中滑出。她總是避免讓身體碰觸到豬隻，如此一來，跟米瑞兒相比，安娜費了較多氣力。兩人的動作有著極大不同！

輪到我上場了。這群仔豬被比賽惹得很焦躁，也被我的長手長腳嚇壞了，於是四處逃竄。我追著牠們跑，豬仔稍微發出了號叫聲，我也跟著叫了起來。米瑞兒第一，比安娜快了三十秒。我殿後，全程所花的時間比米瑞兒多出兩分鐘。

米瑞兒說：「這不是一場公平的競賽。首先，我和安娜與這些小豬之間有長久情誼，而且每多一趟搬運，就讓這些動物多惱火一分；更何況，我和安娜應該為城市人設定一個禮讓條件……」她看著我，然後我們笑了起來。

下一場比賽內容是設定一個時間，然後在時間內快又準確地拉扯水車老舊的鍊條，讓水車齒輪運行。最終我得了安慰獎。

這兩天是百分之百的假期。而布朗太太對我們幼稚的遊戲內容感到訝異。某個星期一早晨，我一早下樓去客廳拿筆記簿，安娜也在，她正皺著眉頭擦拭放在各處和壁爐上的裝飾品。這些玉器、銅器和竹器產自中國，而且數量不少，看起來還算乾淨。我坐下來寫東西，約一刻鐘之後，她完成了工作。

我對她說：「安娜，這些東西擺太多了。如果把比較不起眼或質地較差的收進抽屜，把好一點的擺在玻璃櫃裡不是比較好嗎？還是妳喜歡這類清潔工作？」

「你提到一個碰不得的話題。這些小雕像都是我父親從中國帶回來的，其中有十多個挺別緻的，而我母親則是全部都喜歡。她不讓傭人碰這些雕像，而且認為要教養一個女孩子，必須使她能在家事上用心，因此我每星期要擦兩次這些玩意兒。米瑞兒則是負責房子四周的小花房，不過她至少能待在室外。可是這些事太頻繁了，真的很辛苦，我們試著向母親提議減少工作量。母親考慮了一下，便淚流滿腮。我親親她，就不再提這件事了。但我還是氣自己無法雕塑，反而做著清潔工作。」

「那米瑞兒呢？」

「她比較堅持。她認為必須在過去與當下之間做個選擇。我母親以為米瑞兒要鬧家庭革命，提議我們給她時間思考，等到聖誕節再談這件事。」

「真是有些悲慘。」

「對啊，不過我很高興你能知道這件事的始末。」

等到隔週的星期一，安娜帶著尷尬的神色告訴我，布朗太太想和我談談。她獨自在客廳裡等我。

布朗太太開口說：「克羅德先生，有兩件事我想對你說。請坐吧！第一件事，就是我把你母親視為朋友，同時我也欽佩她。除了因為她的個性之外，也因為她比我早失去丈夫，儘管有許多再婚的機會，還是不為所動。

第二件事，我聽到整個村子談論著，夜半時分在小島上，有人浪漫地在霧中散步。幸好村民以為當時你們是三個人。

我剛質問過安娜，她說那天晚上沒和你們去散步。傭人應該是聽到了樓梯的聲響，然後從霧中看到你的身影，因為你們平時都是一起行動，所以她也以為你們當時是三個人同行。這場夜遊對我本身而言，並不會太在意，因為我信任我的女兒，而且你具有紳士風度，可是我在意村裡的人怎樣看待這件事。我的兩個女兒總是有許多先進的想法，但這種想法不是我和她們的兄弟所能贊同的。自從認識你之後，她們的想法又更為激進，而且在我面前也毫不掩飾地表達，儘管我下了工夫，還是無法認同。她們和你在一起時，態度放縱，讓我的遠房親戚和朋友皆議論紛紛。

現在就實際面而言，一個女孩子家的行為不能有讓人非議之處，否則她的名譽會因而受損，所以我必須了解你和安娜之間發展到什麼程度。我問安娜，你是否向她表達過愛慕之情或是任何企圖？她否認了。我又問她同樣的問題，只不過對象換成米瑞兒和你。她遲疑了一下才告訴我同樣的答案。經過我的追問，她才告訴我：『我相信米瑞兒和克羅德彼此之間可能、或是已經發生了感情，只是他們自己還不知道。』

我告訴安娜，在我那個年代，大家都曉得這種男女之間的情事，也知道一旦引起了注意，就必須設法平息眾人的議論。所以為了將來設想，我要求你們三人之間不要再表現得那麼親密，同時必須減少每週見面的頻率。這些要求對彼此都好。」

我感到煩亂不安。

布朗太太又說：「我必須告訴你的是，假使有一天安娜的預言成真，或是你和米瑞兒之間有了更深的感情，而你們彼此也發現了，儘管我不看好異國聯姻，但不會反對你和她交往的。」

她以頭示意，於是我向她鞠躬，走出了客廳。

這場談話讓我心中無法平靜，而一個想法更是占住了我所有的思緒，那就是：也許有一天米瑞兒會愛上我。

愛情啊，愛情。犬兒已從錬中脫出，在我心中奔跑。我心思都放在米瑞兒有可能會愛上我的夢想上，而非星期天將見不著她的悲哀。一個目標自心中升起：米瑞兒。我整個人彷彿冬雪見著陽光般地融化了。從第一天開始，安娜便將我許配給米瑞兒，這一定是有原因的。先前認為毫無可能發生的事，現在已不再如此。

米瑞兒的高額頭、看起來嚴肅的眉型、微笑時表現出的自在，一切都深深刻印在我的心上。每個嶄新的一天，都是一個階段。我想像著米瑞兒是我的妻子，她和一個小孩在我們的屋子裡。這個情景深深吸引了我。我準備寫的書呢？因為無法促成我和米瑞兒，所以下意識地推遲了。

戴爾先生曾經對我說，有家英國企業正在徵求法國員工，條件是必須有能力處理與法國聯繫的事宜，同時對於法國方面的行銷具有創意。我會去應徵。我選擇了倫敦，屬於米瑞兒的國家，我能立刻在這裡賺錢養活我們一家人。我如此計畫著，彷彿已經娶了米瑞兒，並且有了孩子。

我在威爾斯的時候就已經愛上她了，不過，自此之後，我便躊躇不前，也不敢有任何表示，因為沒想過她可能會愛上我。布朗太太在無意間，推了我一把，於是我加快腳步，將自己完全投入於對米瑞兒的感情之中。我孤注一擲。

五天以來，除了寫信給米瑞兒之外，什麼事也沒做。我給她寫了四封寄不出去的信。四封信的內容當中，一封比一封更直接表達了對她的愛慕之情。我向她解釋我的情感和考量，也跟她求婚。

直到第八天我才將信寄出。寄出之前，我猶豫著要不要將信投入信箱之中，畢竟遭到拒絕之後，一切將無可挽回。我放手一搏。

米歇爾先生支持我這樣做。

譯註15 —— Edgar Allan Poe，1809-1849，美國作家、詩人，以驚悚、懸疑小說為名。

Deuxième Partie
Le Non De Muriel

第二部
米瑞兒的拒絕

08 隨意地包紮傷口 Pansements Rugueux

米瑞兒給克羅德

一九〇二年一月二十四日於小島

你的信真讓人害怕。

你不了解我。

我將自己當作姊姊般地愛你，可並非能一直如此愛你。

抹去眼前的浪漫想像吧！

我越來越不喜歡別人了。我是個粗暴難以相處的人。

我有安娜和我的兄弟就夠了。

米瑞兒給安娜

一月二十五日

安娜啊，安娜，發生了很可怕的事。如果可以的話，幫幫我吧！不過，我想沒有人能幫我的。我會不會有一天愛上克羅德呢？我想這有可能發生，而且我還在心中玩味這個想法。可是如果他愛上我，這是絕對不允許的。

米瑞兒給克羅德

一月二十八日

這是回覆你昨天來的信。

我愛你，但是並非男女之間的情愛。

在巴黎也好，這裡也好，我曾經放任自己去幻想一些不實際的事，那是因為我確定你不會愛上我。我也曾經玩笑式地想像著也許有一天會愛上你。

我在我母親還有上帝面前發誓：我對你並沒有愛意。

我跟我母親談過了。她擔心我只是單戀而已。我這麼回答她：「我不愛克羅德。不過假使我真的愛上他，妳也無計可施。」

她告訴我：「趁著還來得及的時候，別讓你們的感情再發展下去。你們不要再見面了。」

我想了一會兒，認為母親說得沒錯。我也認為這種事會發生在任何人身上。我對自己說：「如果見不到他，那將會是多麼地悲傷啊！我寧願冒這個險，就算有什麼風險，也是自己去承擔。」

你的信洋洋灑灑，擾亂了所有一切。

必須為你療傷止痛。

你可以發揮長才，然而我會是你的阻礙。

我可以不再寫信給你，或是每天都寫信給你，一切都隨你的心意決定。

我不會再想起你，這樣你也就不會再想起我。

我曾經想見你，但是收到了你的信之後……現在你讓我害怕。

在你身邊時，我曾經覺得自在。

對你的愛意，將會比現在更稀少。

我重新讀了一次你的來信。我跟你剖析過自己，但是我卻認不清自己。

我會以愛情來渴望一個男人嗎？我無法想像。跟一個男人共同生活，將會讓我難以忍受。我連我母親都受不了。

我可以想像著，我愛上了你以外的另一個男人。

我這樣說，是否很殘酷？不過這樣做能讓你的傷口癒合。

你可以不斷告訴自己：「她不愛我，我不愛她，我們只是姊弟。」

你可以依賴我，但是我不會愛上你的。

我從未像對待你一般，去對待其他男人，但是我必須先將自己假設為男人。

別存有任何希望。

我讓你誤會了，因此對你造成傷害。我要讓你明白我心裡對你的想法，因此，我寄給你幾頁我去年在巴黎時寫的日記（註：見一九〇一年米瑞兒的巴黎日記）。

一九〇二年二月一日

你終於開始了解我了。我很會傷害別人吧？我是溫柔的小女孩嗎？

我按照你的要求：依照自己的個性，寫信給你。

謝謝你說我做得太無情了。你這樣說，讓我心裡好受多了。

你說要離開英國？距離對你我不會產生什麼影響。

找一個非常忙碌的工作？對，在必要的時刻。

我無情？這就是為什麼我不愛你，而且也不會愛上任何人的原因。

你對我的愛，就算讀了四次你的來信，還是無法想像。

我開始懂了：有人迫使你在時機來臨之前，說出心中所想，因此你寫了這封洋洋灑灑的信。我母親一直嚴守著道德規範，她因為小村子的傳言而感到激動，所以引發了你的表白。

本來你以為這樣做就會將我拉近你身邊吧？這樣說對你不公平，所以別擔心，我不會這樣覺得的。

我們一起找尋我們之間的平衡點吧！看看我們，一切只不過是場惡夢，別因此而傷心難過。都是因為我無法接受轟轟烈烈的愛情，才將你視為兄弟。

如果過早將孩童從母親的懷抱中硬生生拉走，那麼上天會讓母子都無法存活。別人就是如此對待我們。

我應不應該將我母親對我們所造成的痛苦，全都告訴她呢？沒用的，不是嗎？

無論有沒有我，你的生活還是會照著應有的軌道走。這世界需要你這種人。

米瑞兒給安娜

一九〇二年二月一日

母親對我說：「一個女人，只要她愛上了人卻沒有隨即結婚，就是在糟蹋生命。不管妳明不明白，妳所有的沮喪和神經質都是因克羅德而起。」

我回答她：「我不愛他。而且他只會讓我心情愉快，從沒傷害過我。別管我們的事情。」

母親不相信我，當我寫信給克羅德的時候，還會揣測我和他是什麼樣的關係。

如果她是對的呢？

這是我第一次問自己這樣的問題。

不！我狠狠踩碎了這個念頭。

沒錯，我無法發誓自己不會愛上他。可是，我也許會愛上別的男人。我才剛剛這麼對他說。我這樣子真是無情，我恨我自己。
我曾經開玩笑似地，獨自在樹林中放聲大喊：「克羅德，我好喜歡你！」
可是當天晚上，當我雙膝跪地祈禱的時候，我又念著：「神啊，我不愛他。」
我並沒有太傷心，倒是他……我要怎麼辦？我所有的一切都屬於他——除了他要求我的東西。為了他，妳就幫我忙吧！在寫信給我之前，先寫給他吧！

安娜給克羅德

一九〇二年二月一日

可憐的克羅德。如果你願意，我可以去倫敦看你。任何事，無論多麼微不足道，我都願意去做。都是因為我心中既有的想法而導致這場不幸，我怎麼敢如此插手你們之間的事？

米瑞兒說得沒錯，的確沒人幫得了你。不過，我不相信她所表明的一切。別抱有錯誤的希望，不過，她並沒能正確判斷自己心中的感情。我從一些事實當中就看得出來。

如果我是你，我不會將心中的愛意連根拔起，因為假使米瑞兒改變心意，也許我已經無法全心全意回應她的感情了。我相信米瑞兒有天會愛上你。

隨信附上米瑞兒的信。我已獲得她的同意。

你見她的次數越多越好。

克羅德的日記

一九〇二年二月二日

我現在的情況正如同一隻蝸牛，撞壞了自己的觸角，躲回殼中。這十五天以來，我所建構的空中樓閣，現已摔落在地。

我一磚一瓦地拆掉這夢想。如果我的愛還完整，起碼已不成形。我欣賞米瑞兒寫給我的信，我感謝她的誠實。我對她所在所處的小城有反感。米瑞兒去重建她的名聲，而我要重新獲得情感上的獨立。我還有兩個姊妹。

米瑞兒不愛我是正確的。她強迫我進步，我不再想起我夢想中的孩子。如果我的所有一切都還完好無缺，我會再次構思將來要寫的書。

一九〇二年二月三日

米瑞兒寫信告訴我，她將搭火車來見我。她搭的火車會在倫敦停靠兩站，我們就約在其中一個車站碰面。我查詢當週的火車時刻表，發現她搞錯了，於是我到另一個車站等她。

她沒到。我買了份當日時刻表，發現她搭的那班火車在今天早晨改變了行程。我感到絕望。

米瑞兒來見我了，或許她準備花一整天的時間和我在一起，可是卻找不到我！在倫敦這個廣闊的城市，我要上哪兒去找她？她要怎麼辦？她無論做什麼事都遠比我詳細精確，可是我現在倒懷疑起這一點了。

我麻木地走到國家美術館。從前我們曾經計畫著，要到這裡看霍爾班[16]畫的女皇全身像。我一邊自責，一邊坐在石梯邊，看著石梯上的鴿子不停地啄食。

誰上階梯來了？眼睛低垂，嘴角也下垂著。這是我的幻覺嗎？還是天上掉下來的禮物？正是米瑞兒本人！我朝著她奔跑。她抬起了雙眼望著我，我的表情一定很滑稽，以致她笑了出來。

她不想提起我們之間發生的事。我們一同散步，穿越了這座美麗的畫廊，看到了泰納的作品、林布蘭的最後一幅馬鈴薯寫生。我們重新感到閒適自在。

她提議一起到公園裡散步。由於我居住和工作的地方都在人民大學，因此她問起我在那裡的生活。

我向她解釋我的兩所住處。其中一所住起來舒適，房客都是劍橋或是牛津大學畢業的校友；另外一所則較為儉樸，住的是小學教師以及職員。我從未接觸過小學教師、職員的社會階層和生活圈，但我還是選擇成為他們的一員。我開了法文課程，無論是否為霍恩比館（Toynbee Hall）這所福利機構的會員，只要任何人有需要，都可以來上我的課，學員亦可依個人時間的急迫性，選擇小組上課或是一對一教學。這些授課事宜和時間都不難安排。

米瑞兒問我：「想要報名一對一教學課程的人，需要付多少錢呢？」

我回答她：「我免費提供課程。」

米瑞兒的臉因為喜悅而泛紅。她要我再多說些所見所聞。

我向她描述何謂菸斗辯論會（Smoking Debate）。這種辯論會都是在夜晚於大廳舉行，發言者都叼著菸斗，提出十分新奇的問題。在那裡，我的英文受到寬容的對待，不過我倒是聽不懂他們的東倫敦腔。仔細觀察，發現辯論會中的討論原則竟然與下議院相同！這些醉醺醺的演說家當中，有些會故作風雅，對於己身論點，設法以說服的方式來讓他人接受，而非單方面的獨斷強迫。此外，辯論會從不見女性蹤影。

米瑞兒聽得十分高興，她要我記下每天的見聞給她。

我告訴她：「對了，霍恩比館下星期日將舉行一場宴會，邀請一百位家境清寒的男女參加，我會在那充當服務生。目前正缺一位做三明治的廚房幫手。」

米瑞兒馬上用明信片報了名。

我們在一家名喚「A. B. C」的小餐廳用餐。我從來沒吃過那樣好吃的火腿蛋，黃澄澄近似黃金的蛋黃，在我看來，有如米瑞兒的金色秀髮，各種色階一起閃動著，留駐在回憶中，彷彿是標記這一天的旗幟。

米瑞兒的存在，對我而言是此自然。

克羅德給米瑞兒

於二月三日夜晚

就在這一天晚上，我住的地方有一場拳擊表演。

晚餐時刻，大桌子上擺著許多盤子，盛著各式各樣的餐點，每個人可以拿自己想吃的，並且將自己所拿的食物塡寫在一張表格，再簽上大名投入箱中。我們可以選擇要吃得經濟實惠，或是來場豐盛的晚餐。

我們將桌子都向後推，用粉筆在地上畫出場地線。

通常拳擊賽皆由盎格魯·薩克遜人稱霸。這天晚上，一個肌肉發達、紅髮白膚的薩克遜人，選定我和他來場拳擊賽。他可以一拳將我擊倒，不過他答應我，只會點到為止。

我們脫下襯衫，戴上拳擊手套，隨即進入場中。一群好奇的人聚了過來，他們想看法國人如何打拳擊。由於我是初學者，因此每一節比賽時間皆為兩分鐘。

我往場地中央前進，開始感到恐懼，自問是否真玩得來。我咒罵自己的好奇心。

圍觀者向我大喊：「千萬別用腳攻擊！」這讓我想起軍中學到的法式拳擊。希望不會妨礙到這場比賽。

由於我的防守姿勢過低，對手的教練員在我臉上輕輕摑了一下，好讓我的臉抬高。然而當我往前進，鼻子便挨了一拳。我感覺鼻子被揍扁了，也開始流血。為了不弄髒場地，我將流出來的血吸入鼻子裡。

沒想到這一拳竟然將我的雙腿打醒了。我彈跳著，閃過了迎面一擊，動作之大讓場邊響起了笑聲。我察覺自己比以前更瘦弱，動作卻更為敏捷，因此知道自己應該不會被擊中，而他捶打沙袋所使出的蠻力，就不會傷到我。

他展開攻擊，卻踩到地上的橄欖核，滑倒在地。我傻傻地連忙想扶起他，但裁判攔住我，並且對我說：「不得攻擊倒地之人。」

在下一節比賽中，我被擊中幾次，不過都是在我往後退的時候。我仔細想過，必須找出一些訣竅才行，然而是什麼呢？我發現我的手臂夠長。當他採取攻擊，假使我不再往後退，同樣採取攻勢，手微彎避免碰觸到他的拳頭，以我如此長的手臂，應該會先擊中他。等會兒他攻擊過來的時候，就可以嘗試運用。

我感到右拳受到撞擊，骨頭似乎給打碎了，彷彿剛才是掄著拳頭搥牆壁；與此同時，我整個人幾乎往後翻倒。他呢，還是留在原地不動。這讓我聯想起兩顆不偏不倚撞在一起的撞球。我們兩人出拳不重，然而雙方身體往前的衝力，讓這一擊威力十足。我擊中了他的顴骨。

一陣微弱的掌聲自觀眾席響起，薩克遜人對我說：「好，就是這樣。」我的右拳疼痛異常，趁著休息時問，思索著如何以左拳打出相同招式。鈴響了，我想要站起來，卻發現雙腿疲憊得無法挺直，我必須停止比賽。

裁判告訴我：「你將力氣都浪費在跳躍上。你採取自然防禦姿勢會比較有用。今天到此為止。你觀摩一下別人的打法，星期六這附近有場水手拳擊比賽，你也去看看吧！」

和他人打場拳擊，可以從對方身上得到許多收獲！一如與人下西洋棋。

米瑞兒，這些故事就發生在我們長途散步的當天晚上。

克羅德的日記

二月五日

這場為貧窮老人所舉行的午餐餐宴，舉辦得相當成功，這些人全都雙雙對對地赴宴。我滿心喜悅為他們進行桌邊服務，見到米瑞兒繫著白色圍裙，端著擺滿三明治的大餐盤，也讓我心中充滿幸福。

我們一同離開會場，去看二手衣的小型拍賣會。米瑞兒聽不懂銷售員所用的行話。

我們還去參觀一家專門收容年邁夫婦的養老院，院長是米瑞兒的朋友。我們抵達時，正值院內人員的自由活動時間。我們和一對手牽手的老夫婦同坐一張椅子，先生高齡八十七歲，妻子則為八十二歲。站在他們兩人面前的女人，是他們的女兒，特地前來訴苦。這對老夫妻將年齡已有六十五歲的女兒，視為無可救藥的傻女孩。自由活動時間一結束，他們不得不放開彼此的手。因為院內男女分別有不同活動區域，只有在自由活動時間，才會見到男女混合在一起的場面。

院長向他們解釋，他們即將遷到另一所養老院，屆時他們男女之間便不用如此涇渭分明。儘管如此，那對老夫婦仍是難分難捨。

克羅德給米瑞兒

二月五日

我和同事負責到聲名狼籍的區域巡邏。我親眼看到一間曾是開膛手傑克犯案地點的房子。我們手無寸鐵，偶爾會由警察陪同。一名遮掩性別特徵的老女人，戴著汙穢的大蓋帽，聚集在酒吧門前，模樣彷彿操縱生死命運的地獄女神。這裡不會有嚴重的打架滋事，也不再有謀殺案發生，所以我們巡邏會報的重點在於酗酒及街容問題。

安娜給克羅德

一九〇二年二月五日

我接到了米瑞兒寄來的信，寫著：我很高興能去見克羅德。我完全沒有改變。我相信我們三人將會重新聚在一起。

克羅德，苦痛的分擔讓友情增長。

別忘了聖經中記載：「……雅各就為拉結服事了七年。他因為深愛拉結，就看這七年如同幾天。」

米瑞兒給克羅德

於二月五日早晨

將那本迷你書放在你的口袋裡吧！摺損也沒關係。

我並沒因為那天滾落在背上的雨滴而感冒。

母親問我是否愛你。

我說：「沒有。你相信我嗎？」

她搖了搖頭，我便哭了起來。

我什麼時候才可以告訴她，對你或是對我而言也好，我們情同手足。

於二月五日正午

你不能一下子就將你的感情全都收回，你曾經是和我在一起的男人。我沒有什麼好原諒你的。

將我的名字從你的理想伴侶名單中刪除吧！將我當成你的姊姊般使喚我。

我曾經說過：「我不會愛上你。」

我錯了，因為我們不知道未來會如何。這讓我想起《戰爭與和平》中的娜塔莎和羅斯托夫．皮埃爾。

現在的我，並不愛你。

請你好好將自己的身體鍛鍊強壯，如此一來對你在各方面的表現，都會有所助益。

我讀完了《安娜．卡列妮娜》，現在正開始慢慢地閱讀《萌芽》。

於二月五日夜晚

我收到了你的來信。我並不想知道怎麼會發生這件事，只希望你能痊癒，站直身子，不再白白浪費力氣在幻影中。

我不會再說出「他錯了，他並不愛我」這樣的話語。

因為我感覺得到，你真的愛我。

我準備不惜任何方式來阻止你的愛意繼續，這是因為——

我不愛你。

晚安。

於二月七日早晨

我看著我十三歲時的照片。照片中的我，身邊沒有你，很幸福。

你我的情感，有著本質上的差異。

你提到我寄給你的信件。基本上，這些信件還有我寄給你的巴黎日記，與情愛的表達無關。

你還相信我母親的說法？……這念頭真是如同野草滋生……沒有人可以限制你……你只是白費力氣而已。

於二月七日夜晚

你在來信中寫著很高興能在倫敦見到我。雖然我試著想要忘記你寫給我的所有字字句句，然而這句話我會好好地記在心裡。

你這封信給了我動力，我計畫某一天能再次與你共度。

你說我的來信讓你幾乎確定我對你有著愛意。下回見面時，可別忘了帶給我看。

如果你了解我，那麼你對我的愛意就會凋零。

就你信中內容整體而言，你試著要讓我明白一件事——我不只像在巴黎的時候那樣，以為愛上了你，而且有時候我是真的愛著你的。

這只是你的空想。

你要我保持主動積極。為什麼呢？為了製造更多誤解嗎？

我不願意。讓我們一起來為屬於我們的新關係打造基礎吧！

二月八日

感謝你能保持理性，並且上床睡覺。

我在我的信中自打嘴巴？你也一樣。

別逐個比較我的信件內容。
從你今早寄來的信來看，我又找回了我的兄弟。
叔本華扼殺了愛情[17]？那麼，實踐他的想法吧！
星期日我會到迪克和瑪莎家待上兩天。

譯註16——Hans Holbein，1465-1524，德國畫家。
譯註17——Arthur Schopenhauer，1788-1860，德國哲學家。一生致力於思想研究，不認同婚姻，將愛情視為生兒育女的功利性產物。

09或許 Le Peut-Être

克羅德給安娜

一九〇二年二月九日

迪克和瑪莎邀請我週末晚上到他們家作客。對米瑞兒而言，他們是對完美的夫妻。他們住在一棟精巧、充滿鄉村風格的大房子裡，屋內家具全是由自己親手打造的，迪克的畫作和書櫃隨處可見。迪克現在是位知名畫家，瑪莎則是擁有忠實讀者群的作家。這對夫妻共同經歷過一段艱苦的歲月，曾經輪流屈就無法發揮才能的工作，只為了讓對方能做自己喜愛的事。對他們而言，錢財並不重要。而我和妳母親還有米瑞兒三人之間所發生的事，他們全都知情。

在他們家，我感到愉悅自在。我們共進晚餐，雖說是粗茶淡飯，仍覺美味。

我述說著在倫敦日積月累的發現，他們則提供一些關於倫敦的簡短介紹。由於米瑞兒的關係，他們對我的道德觀充滿好奇。我和迪克共抽一把菸斗。他告訴我應該忠於自我，懂得何時該退或等待，還須提防現有的標準。這些建議適用於我們兩人。

我在床頭找到一本愛倫坡的論文《尤莱卡》，內容令人激賞。

星期日米瑞兒來訪，與我們共進午餐。她臉上毫無愁容，顯得十分慧黠。我和瑪莎騎著自行車迎接她的到來。我接受了她在信中所說的話，不再讓自己沉浸在愛情裡。米瑞兒開心地向我介紹瑪莎和迪克夫婦，由於我們昨日就已經有所接觸，讓米瑞兒頗為滿意。整個週日，我們不住地談話，有時是兩人對談，有時是三人之間的交談，有時則加入第四人，全憑話題如何引導。在我們的央求之下，迪克簡介了自己的畫作，然後談到了妳，安娜。

迪克和瑪莎早早就寢，留下我和米瑞兒獨自一起。古老的壁爐，爐中高高堆起的木柴搖搖欲墜。我們兩人在柴火前久久相對無語。

她開口打破了這場靜默，「克羅德，我要盡力地正確表達我的想法，否則容易產生誤解，因此我會在開口之前，先將想說的話在心裡掂斤秤兩。你要求我接受你的愛，當時我覺得你這個要求太過荒誕，我給你的答覆是『不可能』。

也許我說的『不可能』這三個字，深深地刻在你心上……不過，我應該隨時讓你知道我的心意，不是嗎？當時我非常確定我們之間是不可能的，然而這分肯定，如今卻已消失。我想說的僅僅如此。」

朝她伸出手嗎？我很想，可是不行，我必須懂得等待，甚至退一步，如同迪克給我的建議。我們仍然緩慢地呼吸，同時看著爐中柴火。

安娜，這就是我想馬上告訴妳的事。隔天早上，我們在雪中漫步。漫長的路程中，誰也沒提起彼此之間將會如何。

妳寫信說妳母親將大部分擺飾收入櫥子裡了，而米瑞兒的頭痛痊癒了，同時還認為我在倫敦的工作表現良好。

安娜，謝謝妳。

克羅德的日記

一九〇二年二月十日

在大英博物館內的酒吧餐館，我們三人坐在小圓桌前。

米瑞兒對我說：「我們有些事想問你，是關於……」她的話語像是卡在喉嚨裡，說不出口。

「是關於妓女。」安娜明快地說道，並且將椅子靠向我。

「這個行業在法國是有法可管的嗎？」米瑞兒問我，也將她的椅子靠向我。

我說明起領有牌照的女孩、身體檢查等等……米瑞兒覺得難以接受……我提到自己參觀過的那兩家窯子，還有和女老闆的對話。

「那個女人就這樣認為自己扮演了對社會有益的角色？」米瑞兒說道。

「當然！」我回答。

米瑞兒說：「竟然沒有人譴責她，真是令人無法置信。」

安娜問我是否可以找一天，帶她們到法國親眼看看窯子內的情形。

我問她們：「什麼時候去？我隨時奉陪。」

米瑞兒說：「那英國的應召業是如何發展呢？」

「對於英國的應召業，我並不是那麼了解。在這裡，這行業是令人難以啓齒的話題。根據夜晚執行巡邏時的小小發現，和歐洲大陸比起來，這裡的賣淫活動除了較隱密之外，也容易遭受騷擾或惹上麻煩，而在歐洲大陸，有心人還可以找到各種層級的賣淫女人，從生疏的到老練的，一應俱全。喏，拿著，這是我在一份英國社會主義派報紙上讀到的報導，特地剪下來給妳們看。」

我從皮夾中翻出剪報，遞給米瑞兒，她邊看邊高聲讀出內文：「每一回煤價、石油價以及茶葉價大幅攀升，工人家庭微薄的收入便會受到波及，年輕無知的女孩被父母拉到倫敦街上出賣肉體。」

米瑞兒將剪報還給我，我繼續剛才未完的話題：「我從未在倫敦見過明目張膽的拉客行為，但是在巴黎街道上見得到妓女當街拉客。然而在一個月前，我遇上一位年輕女孩，她讓我想剪下這篇報導，我現在要向妳們說這件事。」

「當時正值夜半時分，地上鋪了一層雪。我從大英博物館的高入口處前經過，大型金屬燈桿下，一個纖瘦的身影靜止不動，引起我的好奇。我走上前去，她一動也不動。她大約十八歲吧？彷彿傳奇女子在顯像於眼前。她是愛倫坡早夭的女主角蕾諾爾，是畫家瓦茲的希望，是獻給牛頭人身怪物米諾托的童女。她的打扮樸素整齊，身穿黑衣，戴著普通布料製成的新手套，一雙大眼睛顯得憂鬱黯然，罩著面紗；我突然發現，她像是公車上那位女子的妹妹。四下只有我們兩人，她往我站的方向前進一小步，然後停住了，整個人像支撐不住一般地搖搖欲墜。我趕忙向前，示意可以倚著我的手臂，於是她害羞地扶住我。雪地走起來滑腳，我們就這樣顛顛晃晃沿著大英博物館的外牆行走。

我問她：『妳看起來非常疲倦，有什麼需要幫忙的嗎？』

一陣沉默，然後一個嘶啞的聲音刮過我的耳膜：『沒有，謝謝你。』

『妳要去哪裡？』

又是一陣漫長的沉默後，她回答：『都可以。』

『妳住哪裡？妳父母呢？』

她沒有回答我。

我們經過一盞一盞的煤氣燈，我從來沒見過像她這麼有英國氣質的女孩。她開口說話，聲音比早先清晰多了，可是我聽不懂她的東倫敦腔，讓我十分沮喪。我們走到了博物館外牆的另一面。

將她帶回我的住處聊天？她一定會被房東趕出去。上咖啡廳？這麼晚了，附近的店家都打烊了，而我知道的俱樂部距離有兩公里遠，但是這裡沒有馬車，而且這說不定對她而言是種羞辱……街角的警察會過來盤查我們嗎？沒有、他沒有這樣做。當年輕女孩經過警察身邊，輕輕驚顫了一下。她的母親教她要提防警察嗎？……不如請求警察翻譯她的東倫敦腔給我聽？……將她託給警察？以什麼名目呢？我又不認識她，這樣對她是否算是背叛？」

米瑞兒和安娜又將椅子湊近了我些。

「她扶著我的手走路，彷彿隨時會倒下。我自認對她做了一件錯事，我擔心她，也想替她大喊救命。她話說得不多，但是我渴望了解她所說的每一個字。我們需要一個屋簷和一些時間，好讓她喝點熱飲。那棟氣派的飯店大廳如何？我們沒有行李和證件，心態純潔但是有著做壞事的模樣，門房一定會將我們轟出去。帶她到戴爾先生家？夜這麼深了，我又對她一無所悉。難道要向戴爾先生說：嗨，這女孩需要援助？若是帶她到島上找我的姊妹？當然可以——假使她們在家，並且為此做好準備，但是又將在周遭引起什麼樣的閒言閒語呢？

這個社會有百分之五的人犧牲自己，以便讓其他百分之九十五的人得以工作。這女孩和她的家人，屬於那百分之五。對此我無能為力，無法可想。她感覺到我的心思。我將要放開她的手臂。即便基督在倫敦也知道該怎麼做。

我們紮紮實實在這一帶繞了一圈，走回二十分鐘前相遇的路燈之下。我害怕被看見，以致不敢幫小女孩的忙。我不應該與讓人起疑的事沾上邊。我，對她伸出了手臂，而她的表情足以讓我感受到，這是個快要被犧牲的乖巧女孩。我猜錯了嗎？如果她需要的話，這座大城市設有一些收容所。又開始下起雪來了，我們剛才走過的足跡為降雪所覆蓋，自地面上消失無蹤。方才我問她：『有什麼需要我幫忙的嗎？』她回答我說：『沒有。』她說得沒錯。

我們放開彼此的手臂。她渾身顫抖。我將頭往前傾，她也做了同樣動作。我隔著她的面紗，在她額上輕輕一吻，並對她說：『願上天幫助你。』隨後從錢包掏出一枚硬幣放入她小小的口袋中。這點錢不夠她回家。她下個遇到的男人會怎麼對待她呢？她又冷又怕。唉，我還是離開了。」

聽完之後，安娜臉色蒼白，米瑞兒則是滿臉通紅。

安娜表示：「這個故事比你提到的妓女戶還悲慘。至少在妓女戶的女人，不會挨打，也有錢賺，而且不會遭人輕視，也不會孤獨無依。」

米瑞兒說：「也許她有著很深的哀愁。又或許她從家裡逃了出來，因此可以隨時投入任何人懷裡、任何的一切之中。我們要給她什麼稱呼呢？」

安娜建議：「就叫她希望吧，和瓦茲畫中的少女一樣。我很想替她塑像。她如同科菲多亞國王遇見的年輕小乞丐一樣，雖然被拋棄了，卻有著美貌做為武裝自己的工具。」

米瑞兒問我：「假使你是在巴黎遇見她，你會如何判斷呢？」

「那我就能懂她所說的話了！我不只會幫她找個工作，甚至替她介紹朋友。說不定還會將她介紹給我母親。」

「就僅僅憑著第一印象？」米瑞兒提出疑問。

「我就是憑著第一印象，才認識了妳們兩人，否則當我第一天在克蕾兒那裡遇到安娜之時，大可拄著我的枴杖，向安娜點頭打個招呼便離去。」

安娜問我：「你有沒有類似的法國故事可以告訴我們？」

「有些不算百分之百的法國故事，也非相同類型，下回再告訴妳們吧！」

二月十一日

在倫敦一座大公園的水池邊，聽到有人依序背誦第六誡：「肉體的……」

安娜與米瑞兒將我和她們的貞潔連結在一起。我試著暗示她們我有一個女性的啓蒙者——法國女人一定會懂我的意思。但是她們沒有反應。因為這個話題是禁忌嗎？但是她們好奇且熟諳世事。

這天，我向她們提到布爾戈教堂。那充滿光芒的小教堂、鈸和鼓突如其來的聲響、儀式、琵拉、聖水、門扇、公園、兩次散步、白色的房間、耶穌十字架以及白色的床。實在很難向她們談起在布爾戈發生的事，因為想起琵拉的我，和對她們描述琵拉的我，並非同一個人。我記得在琵拉身旁，曾想起這對彷彿活在另一個星球的姊妹。我對她們說了。我在兩個星球間往來如梭，無法向她們完全表達露骨的細節。我思索著，最後只能用沉默代替隻字片語……直到在我的髮上輕撫。露骨的問題會出現嗎？

「依舊無名無姓，」米瑞兒斬釘截鐵地說，「就像『希望』一樣。這是命中注定的，注定切斷一切。」

安娜說：「對琵拉的神父和我們的牧師而言，琵拉面臨著危險……克羅德只能為她著迷。我欣賞琵拉。如果說所有人共同形成一個群體，那麼琵拉便是自成一體。」

她懂嗎？我這麼想，並且驚訝她能如此神態自若。

米瑞兒想了想。

安娜說：「對了，下次說法國故事好嗎？」

我點頭表示同意。

二月十二日

在泰晤士河岸旁的堤防。

「接近午夜時，我和一個朋友走在蒙馬特小丘上一條寂靜的街道，靠近煎餅磨坊，坡勢很陡。走著走著，聽到身後人行道上傳來輕巧的跑步聲。轉身看到一個十六歲小女生，帽子上有一朵大大的虞美人花，從斜坡上飛奔下來。她對我們說：『救救我！梅藍和他的同夥在追我，他們比你們還壯，我們三個一起跑吧！』

她一手抓著我朋友，另一手則抓著我，將我們往前拉。我們覺得很有趣，於是與她一起跑了起來。由於她的體形極為纖細，我們這樣拉著她跑，有時可見她飄起來似的，腳跟並未著地。

為了安全起見，我們跑到山丘下。她用著帶有阿根廷式的嗓音，一字一句清楚地對我們說：『我丟下我的行李、衣服，已經無家可歸了。你們可以讓我睡一晚，幫我找個工作嗎？我叫做泰瑞絲。』

我們搭馬車到蒙帕拿斯。她的容貌看起來既聰明、傲氣又倔強。我們將她安頓在按月租來的小房間，給她幾封推薦給畫家的信，信中介紹她是位模特兒，還給了她一些零用錢。

『我會還你們的。』她說。

我們後天再過來吃中飯。

她高興而且很從容地對我們說起故事來。

她出生在中部一個很小的村莊。從小伯父就會騷擾她，只在某些特定情況下才會對她和顏悅色。十四歲之前，她專司牧羊。接著到了巴黎，在某個姨母開設的小咖啡館洗盤子，當服務生，她感到很厭煩。然後認識了梅藍，天雷勾動了地火，梅藍使出渾身解數將她拐跑。她很愛他。梅藍靠女人吃飯，很快的，他就教會她接客。泰瑞絲一點也不在乎，她很驕傲自己能養他。但是他常常不見人影，他的說法是去了祖母家。但她開始懷疑，接著確定他有了別的女伴，一個和她一樣的小女孩。她遠遠地跟著他，然後捉姦在床。她企圖用一個酒瓶敲昏他，還威脅要向警察檢舉他的偷竊行為。因為這些話，他把她鎖在壁櫥裡，溜到同伴家討論如何封住她的嘴。她和情敵隔著門交談了一會兒，才明白梅藍的祖母就是第三個女人，比她倆的年紀都大。她的情敵將壁櫥打開，泰瑞絲趕緊逃跑，聽到身後一陣喧鬧，然後就遇到我和我朋友。事情就是這樣。

現在她成了模特兒，八天前被錄用。有人在追她……

沒多久，她把錢還我們，還說：『你們把錢借給其他人吧！』

一個月後，我們帶她去看梅德哈若馬戲團表演。在一個取名為〈鋼鐵下頷人〉的節目當中，有個男人用牙齒的力量，將一個小女孩和她的鋼琴拉上了他的胸膛。泰瑞絲向我們坦承：『我對這個男人一見鍾情，先跟你們說再見囉！』她在出口等他，稱讚他很棒，請他喝香檳，向他表白。她成了那個彈琴的小女孩，這樣過了幸福的十五天。他夢想擁有一根大海泡石菸斗，上面刻有高盧之王維辛傑多利（Vercingetorix）的頭像。為了買菸斗送給他，她欺騙了他。他知道了她有別的男人，十分嫉妒，對她失去信任，關了她八天。泰瑞絲先是討好他，後來氣極了，引誘同棟樓的畫家，借用他的梯子逃跑了。她跑來找我們，又規規矩矩地當起模特兒。但她好動成癖，相信一定會有個傢伙可以給她大筆錢財。她前往開羅，住進一棟很棒的非法住屋，在那兒當個純潔的乖乖女，備受疼愛，身邊也存了一筆嫁妝。後來警察闖入屋子，由於年齡的關係，她被帶到一個由修女主持的教養所。在那兒，她是最棒、最快樂的裁縫師，所有課程成績都很優秀，最後被護送到城裡，負責試衣活動。接著她讓一個想拯救她的英國人帶走，跟他和他的女兒住在紅海邊的別墅，還有座網球場和幾匹馬。她寄電報給我和我的朋友，邀我們去玩。但在得知她表哥要娶另一個表妹時，她回想起自己當牧羊女時對他的一見鍾情，她給他發了封熱情的電報，拋下一切，及時跑回村裡破壞結婚典禮，嫁給了表哥——一名專業陶瓷商。三個月後，她覺得這種生活難以忍受，就跑掉了。她再次回到巴黎，成為備受賞識的模特兒，由於她的經歷以及敘述那些事情的獨特方式，讓她開始有了名氣，後來遇到一個體貼的男人，是殯儀館負責人，她愛上了他，開始追求他。他什麼都不想知道。她宣稱：『我十八歲，是個已經搞砸一切的女人，我卻遇到一個無法對他說謊的男人。』她和被拋棄的丈夫離了婚，說服殯儀館負責人娶了她。他們家庭幸福，但膝下無子。泰瑞絲在一本雜誌中寫下回憶錄。」

安娜說：「啊！你們國家中，竟然有個女人隨性所至，也不覺得丟臉！藝術家接受她，有教養的英國人喜歡她……她運氣真好，不過膽子可真大！」

米瑞兒說：「克羅德，我們的教育使我們隱藏了最重要的東西。你讓我們的心境不再平靜。我們原本也有可能會是這些女孩之中的某一個……你要繼續嗎？」

「好啊！」安娜如是回答。

一九〇二年二月十三日

我們三人開始了課程。米瑞兒和安娜讀了法文老歌，背誦出他們喜歡的歌詞。

「這是兩句八音步歌詞，」安娜說著——

「醒醒吧，愛笑的嘴巴，
醒醒吧，跟我說話吧！」

「我從這兩句歌詞中望見了洋溢著法國風味的場景，也看到了輕巧與溫柔。」安娜接著說。

我說：「真美啊。米瑞兒呢？」

「我的是兩句十二音步的，」米瑞兒回答──

「當他親吻我的頰，跟我說再見；

看到廣大的藍天，車輪般盤旋。」

「這樣轉動，溫柔地盤旋，令我感動……那你呢，克羅德，英文的句子？」

米瑞兒問道。

我說：「天啊，我不止一次受到這句話的衝擊──

噢！我預知的靈魂！

這句話出自哈姆雷特。相信我們的靈魂，接受冒險。」

安娜說：「得先確定是靈魂能夠預知，還是腦袋。只有在事情發生的時候，

我們說：『噢，我預知的靈魂！』以自我勉勵。」

隔天米瑞兒表示：「一個只用他的、她的、他們的當所有格的民族，不管所

有者是男是女，都是很不實際的民族。以加拿大來說，『他將他的手放在他的肩上』，就可能有四種不同意思。」

我們就這樣談論了起來……

克羅德的日記

二月十四日

我和米瑞兒騎腳踏車到一座有名的修道院。我騎在她的身後，看到她的頸項，知道她的拒絕已經不再那樣絕對。這是新世界，然而這個早上，對我來說是不夠的。

修道院很美，米瑞兒是負責引導的大天使。在梁柱間，陽光透過窗戶映照著，她的美變得令人難以承受。剛剛我遠遠地凝視她，現在她用有玫瑰花和花刺的枝枒輕打我。我再也無法放棄她了。第一次，我親口問她：「米瑞兒，妳想我們還有可能嗎？」

她親口回答我：「某些瞬刻裡，我也如此相信著。」

我們兩人皆感到驚訝。

「妳剛剛說的真震撼，米瑞兒。彷彿是大堤墻上的第一條裂縫。」

「是第二條，」米瑞兒更正，「第一次是在迪克和瑪莎家。」

「我要怎樣做，才不會讓妳感到厭倦呢？」

「克羅德，我也這樣問我自己……」她坦率地笑了，但想到正在修道院裡，她舉起一隻手指放在嘴上，眼神和十三歲時的照片一樣。

我對米瑞兒說：「我難得見到妳。很懷念每星期日到小島的那段時光。如果妳母親知道，而且如果我們答應她，一定會尊重她的禮儀規範，她會答應我來看妳嗎？」

「我試試。如果不行，我們就到迪克和瑪莎家。我心裡有一條河，兀自潮起潮落，不理我的指令。剛剛就是河流給你的回答的。」

「那可以向克蕾兒說我初生的願景嗎？」

「可以，如果你需要的話。」

安娜給克羅德

二月十四日

我很幸福，很想念你們兩人。

克羅德給克蕾兒

一九〇二年二月十四日

我愛米瑞兒。我等著想要將這個想法告訴妳，也等待著希望。我現在只有那麼一點點的期望。我們會更常見面。我想妳應該會對這消息感到開心……

米瑞兒和妳很像。

布朗太太原則上反對異國婚姻，但她會讓女兒自己做主。她說我應該詢問妳的意見。我知道這真的很突然，但就是這麼發生了。

克蕾兒給克羅德（電報）

二月十六日

你們兩個理想主義者的健康狀況不適合建立家庭。速回。克蕾兒。

克羅德給克蕾兒（電報）

二月十六日

謝謝妳誠心的建議。下次回去看妳。克羅德。

米瑞兒給克羅德

二月十六日早晨於小島

瑪莎過來看母親，並且動搖了她的心意。我聽到她們在客廳談話，母親說你心地高貴。她一直確信我會愛你，不再擔心你會不愛我。瑪莎說不應該干擾我們。我讀了《萌芽》。嚴重令人反胃，不過作嘔的情緒消退之後，留下的將是實用的東西。

半夜

我今晚打定主意：有一天，可能再也無法像你愛我一般愛你，也許明天就不能，但在我還愛你時，我會告訴你。

布朗太太給克羅德

二月十六日

親愛的克羅德。我和小女談過了。你會很高興我們比從前更幸福。我希望你來看我們。深深歡迎。

克羅德的日記

二月十六日

收到安娜的信。她向我談起希望、泰瑞絲還有琵拉。對她而言，三個人地位相當。我突然意識到她和米瑞兒並不了解我和琵拉之間發生的事。她們被我們可能親吻一事嚇了一跳，但是比接吻更進一步的事，超出她們的理解範圍。她們不知情。她們應該要知道的。一切都太順利了。

克羅德給米瑞兒和安娜

二月十七日

我擔心，妳們的純潔會讓我難以說出我的故事。妳們並不了解我和琵拉的關係已經非比尋常。今天是星期二，妳們的母親邀請我星期六過去。寫信給我。

米瑞兒給克羅德

二月十九日早晨

你告訴我，要我馬上寫信給你。我照做了，可是我沒有時間思考。你的懺悔，讓我感到一陣刺痛。如果別人對我說你原是如此，我可能會將手按在聖經上賭咒說不可能。

你以為已經讓我明白，事實上我只憶起一些蛛絲馬跡。

可惜我是英國人。因為我媽和亞歷斯要是知道這些事，他們會寧可要我死，也不要我成為你的妻子。這是我們的信條。不要對我有任何期待。

二月二十日夜晚

有天你曾問我，一個失去童貞的男人能娶一個年輕的處女嗎？直到幾天前讀了《萌芽》，我才了解處女的意思。在了解之前，這個詞語對我來說具有強烈卻又模糊的意義，而且只是道德上的說法。我不知道該如何回答你。但如果之前我知道的話，我會回答：不行。

對於造成傷害一事，你不敢置信，也非出於你所願。或許你會因此得到救贖。對我而言，你對女人犯下了罪行。我們這兒的人說：「法國人的禮俗較為優雅，然而英國人的態度比較具有騎士風範。」

愛情應該建立於尊重上，所以我需要時間。有天我曾經跟你說：「我們只愛現在這個人，過去的就過去了。」

這只適用於細枝末節，而不適用於這一類行為。

星期六見你嗎？我想跟你說：「不要來。」但是有一天我們還是得相見。既然你想來，那就來吧！

什麼都不用解釋，我不想聽。

二月二十日夜晚

如果我早知道，我們之間就不可能了。

這點我得清楚地強調。

想到你受的教育，你母親，你的心……我就覺得反感。

跟我說說克蕾兒和你父親。

他們怎樣相愛？

是上帝阻止我早些愛上你的。如果有一天我愛你，那將會是不顧一切的。

今早一次收到你的三封信。

我只有一個目的：認識你。你所做的事，是為了想要知道，於是你很開心地做了。我可以想像。還有可能再發生嗎？可能還是不可能？這點我得了解。你不是傷害了她，就是傷害了你自己。

星期六過來吧！我會找到一些力量。

夜晚十一時

我們只懂一些我們知道的東西。在《茶花女》和《悲慘世界》中，我讀到了那件事，但是我並不了解。我還讀了你評論過的《萌芽》。一個只見過蝴蝶和鼴鼠的小孩，當他讀到大象這個字時，他怎麼會懂？

那件事，除了愛情之外，還讓我感到害怕和悲傷，因為你向我表明你曾做過那件事！即使軟弱，如果你預料到可能再發生，為了依舊能夠愛你，我需要強大的力量，強大的信仰，尤其是更寬廣遼闊的純潔。我不知道自己是否擁有這些。

你這麼做很好嗎？犯錯一次也許不會扼殺我的愛，不同道德基礎卻使一切化為不可能。

半夜

你還能幫我嗎？

這麼說，我讀《萌芽》是為了了解你囉？

即將冒險的是我的理智，而非我的感情。

我今天都將待在床上。

星期六過來吧！也許我會讓你很不快樂。

我寧願是我來做這件事。我應該要去做嗎？不，我寧可是你。如果有一天我們結婚了，只有我會得到剩下的東西。

凌晨一點

我是不了解你。我的熱情和遲疑，全都建築於幻影之上。

你在我心中已死。我只能尊敬更為崇高之人。

凌晨二點

當你的學生已有三十個月。我已經一分為二了。我應該要能理解，或者判你罪，不讓你有任何申辯的機會。用我的方式相信你的純潔，我才可能成為你的姊姊。我不可能認為這是件好事。這是不幸之事。

你對我的愛變了嗎？

你獲得我的部分，還必須一步步地再次征服嗎？

一半的我反對你，一半的我支持你，我自己也理不出頭緒。

我真的明白嗎？有沒有那麼一點點的可能，你已經為人父了？（克羅德又看到琵拉的臉對他說：「你什麼都別為我擔心。」）如果是，你得為孩子負責。即便動物都知道應該要這麼做。有一天，在貧困的時候，也許你會遇到他，兩人卻不相識，儘管他是你的骨肉。

這樣我怎能接受呢？

在英國，相關事情並不多見。

這個你認識的女人，你可能已經打亂了她的生活。你不想長長久久地愛她，那她呢？

星期六過來，來看看我的樣子。你要解釋再解釋！兩個截然相反的你要怎樣達成和解呢？你接受姊妹賦予你的責任，讓她們依靠你。

如果你是下定決心才接受，而非出於軟弱，那麼就還有希望。

我的生活型態沒有這樣的機會。我只有在迷惑的時候才會做出壞事，但是這些壞事也夠我好好想想，在其他情況之下，我有可能截然不同。

兩個月來，為了讓你痊癒，我如同往常地對待你。

三點

有時你讓我感到噁心。我錯了，因為沒有什麼該覺得噁心。

清晨五點

我醒了。這是什麼樣的新感覺？什麼樣的空虛？發生什麼事了？有人死了？我獨自一個人，朋友都不在身邊。好幾個月來，他都在那兒，就像一件家具，甚至未引起我的注意。我怎能沒有他呢？

找另一個朋友？幹嘛？

這個影子在那兒，頭低低地殷殷期待著。是他嗎？有一天我可以嗎……？

啊！也許吧……

但我為了已死的人哭泣……我不能再接受其他活著的人。

於二月二十一日早上八點

看著我。我虛弱地微笑，這是我的手。剛剛我無法如常向你問好。我不再痛苦，因為不能兩個人同時受到煎熬：當你的苦痛停止時，就輪到我開始。

今早我不再想你懺悔的事。世界上有這麼多我們不懂的事，這麼多確實存在卻又不可思議的事。

「我應該重新開始。」這句話並非枉然。然而我早就重新開始了。沒有破壞什麼，我再次成為你的姊妹，過來讓我幫你。

二月二十二日中午

你的來信很棒，對我很有幫助，我只讀了一次。

昨天我不再想了。今早我對自己說：「他要來了，趕緊端出我們前天的冷漠嚴謹吧！」然而沒辦法。我無法再用相同的觀點來看那件事。二十四小時之後你將出現，而不是一封乞憐的來信。

明晚你在這裡的所有時間，可以讓我們好好談談。事態緊急。

我只知道植物的繁殖方式。我猜動物的也應該相去不遠。自然不會令人感到可怕。感情就是一切。

如果我要小孩，我不知道要怎麼做。我真是無知。

別怕傷害我，我已經習慣了！

安娜給克羅德

一九〇二年二月二十三日

你的真心話讓我很難受，尤其是我挺喜歡琵拉這個人。既然我對你有信心，我便不該有如此感受。

我突然發現，你做了世上最糟的事情之一。

你能教我如何去理解嗎？米瑞兒好像找到緩和情緒的方法了。或許我也能找得到吧？

我在你巴黎的房間寫信給你。你母親對我非常好，但是她用一種很可怕的口吻對我談起米瑞兒。準備好做你自己的主人。她想去小島見母親和米瑞兒，她現在很討厭她們。她認為米瑞兒的眼疾絕對是一道障礙。

米瑞兒給克羅德

二月二十四日

我們整整兩天都在一起。希望在你來時，我那無可遏止的冷漠，與你離開時我的滿懷溫柔，不會在你心中造成衝突，對你的態度，我忽遠又忽近。

趕緊到巴黎看你母親吧！她不要你因我而受苦。沒有什麼，也沒有任何人能夠介入我們之間：我們已經親手在彼此之間置放了不少東西。

二月二十五日　給在巴黎的克羅德

我好想和你一起在巴黎，甚至我母親也是。你母親向我們宣戰，反而讓我們的心更加靠近。母親說她知道我愛你。多麼大膽啊！

不過倒也實際……她說得好像我們這個春天就要結婚了。我再次對她微笑，這讓我舒坦多了。

母親要我們談談宗教信仰和小孩的問題。我有些害怕。

我對你說：「我這麼遠！」你以為我的意思是：「離你這麼遠。」其實我想說的是：「落在你身後這麼遠。」

所以安娜還是和以前一樣住在你家。我嫉妒你們，我想念你們倆。在我心中，你跟她的地位幾乎等同。有一天你會變得更為重要嗎？

再對我說說你的喜悅、你的苦痛吧！當我的手靠近你的手時，我能了解，但你遠離我時，我便又完全不懂了。我們應該詳詳細細地說清楚。

你的愛是我生活的一部分，是一條拉著我的線。你的名字在我腦中：不但永不停止而且變化多端，從煩亂到喜悅。倘若這種感覺遲遲揮之不去，我便不再想了解你了。

二月二十六日

我母親很喜歡你。然而如果我們分手，她也會很高興。因為她認為我們在一起很難得到幸福。她考慮的不是我們的健康狀況——對她而言，結婚會讓我們非常健康，而是你母親，她認為你不應該和母親分開。我壓根兒都沒想過和你永遠分開這回事，但現在威脅出現了。

我是否該為了你母親而向你道別？這樣會讓你過得更好還是更糟？你可以獨自和她幸福地生活嗎？你很堅強，我也一樣。為了你的幸福，我可以放棄你。想想你母親多麼埋怨我們啊。

你愛我，我也有一點愛你。在還沒太愛你之前，先結束這段戀情。如果愛情有一天抓住了我，要抽身就太遲了，因為我和你母親一樣，只能愛一次。最好對我說說她和你父親短暫的幸福，還有當你年幼時，她是如何養育你。

如果分手後，我才發現我愛你，這就是我要冒的險。誠實地對我說。

我對於一個妻子應有的樣子，抱持著極偉大的想法，才好預先知道自己可否成為你的妻子。

二月二十八日

我在一架失去平衡的雪橇上：妳愛他、妳不愛他。最後妳還是要愛上他。我會因為別人而愛他嗎？我可以離開我的親人，繼續和他在一起嗎？我可以確定他是我的男人嗎？

有一股力量將我推到房間，就像是與上帝有約似的。這股力量讓我跪下來，並且使我說出：「上帝，讓我今生與永遠，都是克羅德的好妻子。」

接著又開始了：「我只是要和他一起工作，為何不讓我靜一靜？……我才剛結束艱困的學業，返回需要我的家。他愛我。好吧！大家也要我愛他，但我不愛他！他向我說他的過去：我發現有件事實在太可怕了！當他不在時，我的日子過得極為充實，多了他之後，我的心力幾乎承受不住！」

讓我喘口氣吧……

讓我對你叫喊：「你走吧！」

但我偶爾還會加上一句：「帶我走吧！」

在學校，我的肩頭已經壓著太多的東西：遊戲、社團、戲劇、慈善活動……這很容易：因為沒有愛情。現在有了……很溫柔……很痛苦……帶著更多的溫柔，究竟是承載著我，或者將我壓垮。

為了清楚知曉，接下來的幾個星期，我都要見你。

清晨五點

我無法正視自己，今天只能對你唱著：「我的心不再平靜。」

在左拉之前，你的托爾斯泰讓我將肉欲的愛情與不幸連結起來。你要和我再次談起琵拉，直到我可以接受或拒絕她。還有你的事也要一併述及。我要聽你真實的聲音，而不要書信往返。

朝向你的路途陡峭難行，即便山頂毫無風景，也能因攀越山路而獲得獎賞。

一九〇二年三月六日　給在倫敦的克羅德

剛剛讀了你的信和詩，我認為這幾年你的生活處於一個醞釀、播種而非創作的階段。

過去和將來這幾年，就像達爾文環遊世界，蒐集資料、建立理論。若你將此和創作混為一談，即便你耗盡心力，也不會有好的作品。

自己的生活自己掌握。

三月七日

安娜在你家很痛苦，星期天你還是別來吧，雖然我想要你來。那天是我第一次給新學生上課。這些男孩總共有十二個人，年紀在六到十二歲之間。

我不清楚你的目的，不清楚你到底是幫我還是讓我困擾。女人應該是一股力量，而不是一分重擔。

我不再捫心自問任何事情，因為我活得率真。別怕讓我愛你，即使到最後你必須說不。

三月八日

很多事情我只是依習慣而為。你該過濾一下，寧可刪掉許多也不要不夠。我們來整理吧！

將一切極力簡化（太有樂趣了！），我們可以獨力將事情處理好。

別再說：「和我在一起的生活很令人羨慕嗎？」或者立刻為我舉出事例。我並不期盼甜美的生活。

我們相互懷疑對方是否值得，一定有其原因。我們要找出這個原因。

我們的理性可能會否決我們的心。我的理性說出自己想說的話，我的心卻寧可斷然放棄。

三月九日

今晚我給你平靜的感情，深刻而沒有界限。這似乎正是你所需要的。

如果你必須離開幾年，像個探險家、牧師、水手，你妻子的心靈將會陪伴著你。

孩子會使你放棄人性裡的職志嗎？

你的妻子就算有先見之明，然而她能自己決定，延後生兒育女嗎？目前我仍無法想像。

你的妻子應該要擁有的特質為：靈活、堅強、身心平衡，以及勇氣。

你對單身時的輕鬆自在，感到留戀嗎？那就別結婚！

你的卡片寄到了。多麼完美的爛英文啊！我們笑成一團。

10 克蕾兒 Claire

米瑞兒給克羅德

三月十日

你母親寫給我的信當中，有什麼好令人感到害怕的嗎？有的。她那肯定的態度。她在心裡構思了一齣愛情連續劇，在這齣戲當中，我是個會魅惑男人的美人魚，是個壞妖精。她完全投入於劇情當中，指責我勾引你、有計謀地對你設下圈套。我不會回信給她。你為她安排的巴黎之旅，並未為她帶來什麼樣的改變。她要到倫敦來見我和我母親。

沒錯，我們兩人幾乎時時都在一起，而你和我也不會對此刻意隱瞞。如果那時我確定自己是愛你的，那麼我給你的答覆會是：「我們立刻結婚吧！」

在她的信當中，沒有隻字片語提及你對我的愛情。然而，當你還小的時候，她卻能心平氣和地將自己的故事寫下，向你述說她自己的愛情。她所寫的故事，現在我寄還給你。

將克蕾兒和皮埃爾這兩個名字連在一起念的話，聽起來是多麼順耳！克蕾兒自己擁有過這麼美麗的戀情，為什麼就不能幫助我們兩人的戀情穩固呢？

你告訴我童年時期和她相處的情形吧！這樣或許就可找出問題的關鍵所在。

她認為你未來能開創一番事業。我也這麼認為，不過，我要補充的是：事業是有，但並不一定是轟轟烈烈的大事業。

克蕾兒的回憶

（這些回憶她已經親口對我說過了無數次。她是這麼說的：）

事情發生在一八七八年的一月。我母親在奧德翁劇院旁開了一間書店。那天下午五點，我上完課，從索爾邦大學回到了書局，坐在書店中的一把小椅子上，向我母親敍說當天下午我在學校的情形。

那是皮埃爾第一次踏進我們的書店。他一看見我便在心裡想著：「我要娶她。」而當我看見他，心裡也想著同樣的事情。

隔天皮埃爾在同一時間又來到了店裡，看見我又坐在同一把椅子上。我們對看了一眼，彼此在眼神中告訴對方：「就這樣決定了。」

皮埃爾每天都會來書店報到，每次一定會慢吞吞地選購一本書。書籍的銷售並非由我負責，因此我們並未交談，只是偶爾視線相對。這種情形持續了一個月。

有一天，我沒有到書局。母親感覺出我和皮埃爾之間有著些什麼，而她對皮埃爾也頗有好感，於是她和皮埃爾兩人第一次進行了較爲私人的談話。皮埃爾告訴她，自己已經完成了大學學業，和行將就木的母親住在附近，等到他母親離開人世，他才能決定婚嫁。

有一次我曾經看到他母親穿著喪服，神情疑重，步履蹣跚地由皮埃爾攙扶著行走。沒多久，他母親便過世了。皮埃爾堅持單獨運送母親的靈柩到墓地去。

喪禮隔天，他來見我母親，並且請求我母親讓我嫁給他。他的態度得到了我母親的歡心。母親對他說：「那麼，你自己去向克蕾兒說吧！」當天晚上，他第一次和我說話，也對我說出他心裡的期待。

我告訴他：「我們不是已經約好了嗎？」

他回答：「沒錯。」

他不送花給我，而是以文辭美妙的書討我歡心。很快地，我們結婚了。在他之前，我從來不曾特別注意過其他男人，而他也不曾注意過其他女人。我們結婚時，他三十一歲，而我二十三歲。

我們婚後居住的公寓位在梅蒂奇路上，面向盧森堡公園。皮埃爾熱衷於繪畫。對面的美麗公園是我們兩人的天堂。

克羅德，你很快地在我的腹中孕育著。星期天當我因爲懷孕而感到疲倦時，我提議到公園坐坐，而皮埃爾總是這麼告訴我：「克蕾兒，如果可以，我們再到羅浮宮一趟吧！好讓我們的孩子將來也能喜歡繪畫。」

我們便乘上了馬車到羅浮宮去。

我和皮埃爾兩人活在書堆以及畫作當中。我們以自己的方式，發現書中以及畫作蘊含的意義。你出生了。

一年之後，皮埃爾患了腦膜炎。他用手指掐著我的脖子問我：「妳要不要和我一起走？我要掐緊了。」我回答他：「當然了，皮埃爾。」任他掐住我的脖子。我母親疼愛皮埃爾就如同疼愛自己的女兒一般。她和顏悅色地要求皮埃爾別用力掐緊我的脖子。皮埃爾順從了她的意思。

「讓我們再去盧森堡公園散散步吧！」他說著，同時將手伸給我。他迅速從開著的窗戶跨出了陽台，一腳踩空，大喊：「克蕾兒！克蕾兒！」頭部墜地而死。

我差一點隨之死去。不過並不是只剩我和母親兩人了，我們還有你。

你開始長大。聖誕節的時候，我總會給你四分之一瓶的香檳喝，還讓你吃一口鵝肝，對你講耶穌還有皮埃爾的故事。在你童稚的心靈裡，總是將這兩人混在一起。當你還很小的時候，我第一次教你〈我們在天上的父〉（Notre Père qui êtes aus cieux）你以爲我說的是〈我們在天上搜捕的父〉（Notre Père qui quêtes aux cieux），你在想像中看見了你父親穿著教堂執事的衣裝，拿著長柄獵網參加天堂的大彌撒。

你在四歲的時候，很嚴肅地要求我，當我年紀變小而你已經長大的時候，一定要和你結婚。我告訴你，我的年紀不可能會變小，當天晚上你問我是否可以直接稱呼你克蕾兒，就像你父親一樣，而不再稱呼我爲媽媽。我們兩人都覺得這個點子很有趣，因而保留這個稱呼至今。

你最喜歡坐在矮凳上靠在我身邊，扯著我的裙子唱著：「這個是媽！媽在這裡！」

我不能時時刻刻都在你身邊，有時我也會出門。然而你討厭我不在家。有一天晚上，爲了阻止我出門，你故意將臉頰貼在燒得有些火紅的鍋子鐵皮上，我聽見了，一陣輕微的爆裂聲。我了解你的企圖。我將你燙傷的傷口包紮起來之後仍然出門去了。你躺在床上傷口疼痛，於是去找外婆，握住了她的手……

（到現在，我還能聽見克蕾兒的聲音，對我述說著這些故事。我忍不住要米瑞兒能夠讓克蕾兒再多說些。）

我們之間的關係曾經突然遇上障礙。那是因爲有幾次——次數極少，我要你聽話，卻沒有花時間好好地向你講道理。

我和你外婆帶你到跑馬場去看你從未看過的表演：有小馬賽跑、小狗、小丑、大象、暴君尼祿還有羅馬城的焚燬，你看得如癡如醉，以致表演結束時，你吵著不要出場，堅持留在原地等節目再次開演。你外婆想向你講道理，不過卻被你激怒了。我拉住你的手，將你像包裹似地拎起往外走。

{identity

擁抱流水

AMY-JANE BEER

THE FLOW

愛咪-珍・畢爾——著

一段透過河流療傷的感官之旅

水是無法想像的古老事物——對水而言,一切都短暫即逝。

RIVERS, WATER AND WILDNESS

潮濕、親密,有著腹股溝般的裂縫,
生命在這裡相互追逐,
流水滲透而河流高漲。

在河流、鄉村風光與生活間,打開情緒最豐沛的自然書寫
——既科學又詩情,結合自然書寫與回憶錄的感性佳作!

二十張出版・六月順其自然

AKKER
二十張出版

在馬車上，你上演了一齣讓人難忘的鬧劇。我襯衣的袖子被你扯破了，直到家裡，你還鬧個沒完沒了。你生平第一次屁股挨揍，讓你氣得在地毯上打滾，抽抽泣泣地哭著。你發現你的哽咽和痙攣讓我十分擔心，於是每當我們不順你意的時候，你便故技重施。

我請家庭醫生來看診，向醫生敍述你的歇斯底里，醫生說的話讓我安心。他說你的鬧脾氣與你父親的腦膜炎沒有任何關連。他還允許我使用不尋常的武器。

下一次你在地毯上打滾的時候，你被潑了一頭冷水，讓你一時之間驚訝地無法呼吸。你看到我拿著你的奶媽喬安娜給我的杯子——本來裝滿水，現在是空的，還有一個水壺。對你而言這或許很難受，然而卻無法對你帶來關鍵性的轉變。

你又開始發脾氣，不過態度不再那樣堅決。在第三杯水的時候，你終於投降。水壺讓你守規矩，然而你卻無法完全原諒我這樣做。

克蕾兒的回憶結束

米瑞兒，既然妳想知道，那麼我就自己告訴妳接下來發生的事。

我五歲那年，有一天克蕾兒有點心急地在客廳教我閱讀。我不喜歡克蕾兒心急的時候。她將書本打開，翻至字母D那一頁，開始向我介紹這個字母。

「D……I……A。」她念著。看我猶豫著沒有開口，她用鉛筆在上過漆的桌子上重重地敲了兩記，讓我吃了一驚，全身不能動彈。

「你看，D……I……A合起來怎麼念？」她問我。

我回答：「媽，我不知道。」

「那D……I……O呢？」

「是Dio！」

「那麼D……I……U呢？」

「Diu！」

「很好，那麼D……I……A呢？」

我又聽見那兩聲鉛筆的聲音，重重地在我耳底敲著。我怕自己不會念，然而

D……I……A就像是個黑洞，我還是不知道要怎麼念。

克蕾兒說了：「你知道Die，Dio，Diu，怎麼會不知道D……I……A要怎麼念呢？我不相信你，你一定是故意的。」

她的指控讓我十分惶恐。我怎麼可能故意這麼做？克蕾兒根本就不了解我。我們之間的鬧劇即將上演。克蕾兒威脅我。沒有用，我的腦袋還是不通，我深深地陷入絕望中。D……I……A怪物的身軀變得龐大無比。克蕾兒出門時已經遲到了，她重重關上了門。

我將這件事告訴外婆。她給了我點心吃，並且用平靜的語調問我：「所以，你不知道D……I……A合起來要怎麼念囉？」

外婆平靜的聲調讓我心情平復了，我回答她：「不是的，外婆，D……I……A應該是要念成Dia，如果……（我不知該如何解釋：如果不用鉛筆敲桌面的話）。D……I……A還是要念成Dia！」

夜晚時，當克蕾兒進入家門，我對她喊道：「我知道D……I……A要怎麼念了！是要念成Dia　！」克蕾兒的怒氣消了，抱著我親吻。不過她還是認為我是故意裝傻的。（註：四十五年之後，就在她過世的前一天，她對我提起這件事。我溫柔地告訴她，我並沒有故意裝傻。）

她對我說：「地球上有兩種人。一種人是騙子，另一種人則是讓騙子騙的人。最好是選擇當個被騙的人。這樣比較高尚，而且可以省下許多時間。」

我這麼回答：「好的，我會做個讓騙子騙的人。」

米瑞兒給克羅德

三月十日夜晚

我現在比較能夠了解了。對克蕾兒而言，你是皮埃爾生命的延續，因此不能和別人分享。我對她心有不滿。D……I……A預言著未來的衝突。

你是家裡的獨生子，因此童年時期的你，敏感而脆弱，就像不用負任何責任的小王子，只是成天幻想。然後你轉眼間就九歲了，進入一所好學校就讀。你每天早上七點就要上學，直到晚上八點半才回家，根本沒能夠好好地做運動，也沒能做勞作。在我們英國人的眼中，這種未能讓兒童享有童年的行為，根本是一種罪惡。你缺乏現實感，個性極為自私，然而你按著自己的方式，與缺點對抗，在這一方面，你的確勝過我和安娜。

你在未經同意的情況下，將你的問題與我們的問題，混為一體。你想要簡化我們的生活，然而卻讓我們的生活更形複雜。你讓我們的時間白白浪費，可是在不經意之間，我們相信了你，並奉你的意見為圭臬。

你讓我想要和你說說關於我父親的二三事。如下——

查理．菲力浦．布朗有著一頭紅髮、個子矮小、慷慨大方、肩膀寬闊，是五個孩子當中的老大，非常強壯，也非常地安靜，父母務農。他的性格獨立、頑固、正直，富有創造力；笑容中帶著自負的神氣。事實上，他像個年輕水手一樣，他體會到如果繞地球一圈，便會發現地球是圓的；而如果再繞一次地球，便會發現世界之小。經過了思考之後，他了解如果在一處買東西，再到別的地方賣出，那麼所得的利潤便可養活一家大小。他靠著自修，得到了廣博的知識。

一八七六年，他三十歲，與我們的母親邂逅，兩人結了婚。我母親當年二十一歲，是位鄉村醫生的女兒，她的同學都叫她小山羊。她很孝順，同時總是依著自己的方式，表達個性中專橫固執、忠實、慷慨大方的特點。

他的生意興隆，讓他得以在距倫敦兩小時路程之處，買下一棟房子。這棟房子附有花園、農場、一段河流，還有一座仍見水車運作的小島。

他們組成了一個幸福的家庭。很快的，他們擁有了四個小孩。我和父親一樣，有著一頭紅髮。他總是讓我跨坐在他的頸子上，和他一起在田野間散步；安娜是棕髮，就和我的姑母一樣；亞歷斯和查理，這兩個男孩得到了母系親戚的遺傳，都是金髮。姊妹兩人總是形影不離，兩個兄弟也是。

我父親在馬來西亞因為染上了黃熱病而過世。

我母親只得將大房子、花園出租，如你所見，只留下了一座農場、小島還有磨坊。她將一棟位於小島頂端的老舊建築改建成鄉村住宅，這項工程到去年才完成。她讓小孩就讀於名校，她的長子現在已經是牛津大學的學生。

而我們就是你現在看到的這個樣子。

米瑞兒給克羅德

三月十一日

我並不漂亮、不迷人，也不討人喜歡。我只是一名人世間的女子，但卻得到你的青睞。我不知道為何你愛上了我。去年在巴黎的時候，當著你母親的面，她的醫生為我檢查身體。醫生診斷結果，認為我過於勞累，不過身體狀況仍然十分良好。我的雙眼則是因為自己無法節制閱讀時間而導致視力受損。在英國的醫師告訴我，只要我一結婚，身體狀況就會回復青少年時期那般強健。大致上，我還可以應付我的工作和其他額外的事。

你的母親又來信了。內容簡短，措辭比上一封更強烈。安娜跟她同住，想必感覺得出她的反彈吧。我們應該幫助安娜離開那裡。

人母的怒火中燒。

三月十七日

如果你要來住上幾天，別忘了帶換洗衣物，我和你都喜歡雨中漫步。不知道亞歷斯的獵裝尺寸合不合你。

我重新讀了自己對琵拉所下的評論，心裡想著：已經成為歷史了。

不是的！這是一則幾乎令我窒息的現行故事。

就這樣。你一定很失望吧？這很正常。我原本也不相信自己會有這種醒悟。

指引我吧！你的學生溜到後面去了，她想要跟著你。現在的她，已經無法對你展現笑容了。她坐在地上，眼眼神不望向你，獨自承受折磨。如果你對我伸出手來，明天早上就什麼事都沒有了。她很遲鈍的。

今晚到黑暗的區域，可要認真巡邏。

三月十三日

《萌芽》這本書描繪的情節實在太醜惡了。在你來之前，我要將這本書看完。可別立刻給我類似的書看，我不喜歡那些殘酷的片段。我真要感謝左拉讓我身陷無邊無際的悲慘當中。你要知道，當你懷疑的時候，我也會跟著產生懷疑。

我們當下的課題，便是好好地認識對方。四天之後，你就在這裡了。

你的來信會讓我對你的書諸多挑剔。我會借給你其中的一封。其中一句是這樣寫的：「從某人寫給他所愛的女人。」

克羅德給克蕾兒

三月十五日

過於強烈的反對意見，會招來反彈。當我服役時，妳阻止我和米瑞兒通信，就像是一座水壩，將水圍成湖泊，最後導致了潰堤，水流成災。

我們的健康？好的。我答應妳，我們會好好注意自己的健康狀況。

別忘了我愛妳。我會好好考慮，不會莽撞行事。

米瑞兒（於島上）給克羅德（在倫敦）

三月二十三日

四天過去了。克羅德已經不在這裡了，任何地方都已不見他的蹤影。而我習慣了他的存在，我們一起煮魚是什麼時候呢？我們照料患了感冒的兩隻豬，餵牠們吃熱騰騰的肉醬，用一捆稻草鋪成床讓牠們睡，又是在什麼時候呢？對我而言，這些種種彷如昨日。四天當中，他帶來了一種新的生活。他走了，也將這種新的生活一併帶走。

我告訴他，自己開始愛上了他。其實沒必要說出來，光用眼睛看，就可看出我的心意了，只不過他對此感到懷疑。這種態度那麼不明確，讓我一瞬間幾乎無法呼吸，心中的疑慮有時煙消雲散，有時升上心頭，讓我為之不快。讓他的靈魂為之屈服的事物，與我相異，有時這就像是活生生剝下我的皮，令我痛苦不堪。

當然還有其他善良、堅強、值得尊敬的男人，他們能夠自然而然地與我意見一致……比如說英國人，最優秀的基督徒……

我有煩惱。我的煩惱不是因為被愛，而是因為一個名叫克羅德的人，讓我必須做改變……我的惰性因而反抗。

當他教導我的時候，我的精神如此緊繃，以致無法打開心房。如果我們結婚，就可以一直說話，毫不厭倦。現在是我們兩人努力的時候。我們一起修築彼此的道路。

我要對你說說康瓦爾郡，我對那個地方的喜愛非常強烈，母親還為此取笑我。只要你來這裡看看，就會了解原因。認識你之前，我才在那裡度過了灰暗時刻，從陰霾走向陽光。安娜從巴黎寄來幾封讓人大為光火的信，她在信裡只提起自己的新朋友、你的母親，還有你。

三年之前，我參加了考試。考試一結束，我也累垮了，整個人的狀況比你去克奈普修道院接受治療前還糟糕。母親很了解我，特地為我選了這個蠻荒的一隅。我要在浪花面前哭泣。亞歷斯在無意之中，成了我的避風港。我們住的小房子是由花崗岩築成，俯視整個地平線。我們乘著由一匹肥胖的長毛黑馬所拉的馬車，冒著暴風雪，在夜晚時分抵達小屋。接下來的三個星期，我過得十分快活。

夏天我們會再到那裡去。屆時，舉目所及的一切，如岩石、荒野、染料木等色彩，都將變成金色與灰色。海濤拍擊著高聳的懸崖，迸射出水花，讓岩洞發出如雷的鳴聲，而後再往海中回流。我們可以躺在岩脊上，聽著海鷗的叫聲，讓水的霧氣向我們襲來，並掃過整個荒野。再等另一天，從來就不可愛的大西洋，海面將會平靜無波，泛著生硬的綠色，在陽光下閃爍，我們可以往下走到大岩洞裡。我會告訴你去岩洞的原因。

三月二十四日

當我在海灘上，對你坦承自己開始產生的感覺之時，我以為這已成了定局，不會再有什麼改變。結果並非如此。我們精神上的緊繃，讓一切充滿變數。我愛你，然而並非總是如此愛你。我對你的愛意，總是時多時少。如果我們之間的愛情確立了，那麼我好些年不見你的面，也是可以的。

對生活造成干擾的，是愛情的不確定性，而非愛情本身。

這三個月來，讓我的生活失去秩序的人是我自己，而不是你。

當我上志願護理課程時，授課醫師說過：「如果有人沒辦法將自己心裡的敏感、羞恥心和厭惡收起來，那麼快請回吧！沒有辦法以愉悅的心情做著令人厭惡的工作，這種人不能稱為護理師。」

三月二十五日

我將只在不顧一切的情況下，以及在日光之下愛你。我的愛讓一陣風沙齧咬著，柔軟的血肉被扯去了，只剩下韌帶。

我逃向我們當時失散的森林，我觸摸著大橡樹，走向一座稀疏的處女森林，看到一地的報春花。

可以不為什麼就感覺到幸福，真好：這是唯一的方式。

即使永遠無法得到那個重要的「願意」，我們仍然還是朋友。我不想讓生命缺少了你。

三月二十七日早晨

你母親用盡所有心力來恨我。我希望她不要再寫那種內容充滿火藥味的信給我。我應該要去見她嗎？……我母親反對。別替我擔心什麼。

她對我不滿的原因之一，是因為我不愛她。我曾經喜愛過她，喜歡她對你父親付出的愛情。我想和她單獨談一談，讓她直接當面指責我。如此一來，她對我的某些不滿，便會因此消失，其他的，也就能找出癥結所在了。

三月二十七日夜晚

母親和我去看我們的老醫生。我從出生開始，只要身體不適，都是由這位醫生看診，他也時常揹著我。你母親的斷言，讓我母親頗為擔心，她想知道關於我身體健康的詳細狀況。她對醫生說我們之間的事，然後下了結論：「我寧可我女兒嫁給英國人。」

他回答：「那不重要。他們相愛嗎？這是所有問題的答案。」

老醫生替我做了檢查，結果如下：我的脈搏緩慢，臉頰容易充血（我有好幾次臉紅），我太過勞累（從一月開始，都是因為你的關係）。整體而言，他認為我健康得像頭牛，他也願意為此提出證明。

你母親在安娜的桌上留言，寫道：「算了，離開我吧！不要再見面了。整件事與妳我之間無關，我們卻無法將這件事撇開不談。往後要是偶然相遇，就互相打聲招呼吧！」

她們兩人曾經非常喜歡對方！

三月二十七日夜晚

目前，我不喜歡你的母親，她想盡辦法讓我們分開。現在我要告訴你，我和她之間關係的演變。

在威爾斯的時候，由於我的健康問題，她曾經向我詳盡談起你的健康狀況，也向我描述你是如何過度投入工作，還有你的頭痛、感冒症狀。她絮絮叨叨不停地說著，直到我聽得頭都痛了。此外，我已經不記得她是如何在話語中摻雜了帕斯卡[18]的思考。總之，她的誠懇讓我印象深刻。她為了你而搏鬥。

她的無私、精力、對世界的好奇心，以及對年輕人的款待，在在讓我對她充滿敬意。頭一次見面，我們並不特別感到與對方意氣投合，不過我們曾經在巴黎與瑞士共同生活。當我生病，她竭盡所能地照顧我，對我而言，她簡直是我的法國媽媽，而她在安娜心目中的形象亦然。她帶我去看她的醫生、見她的裁縫師，也帶我上她的朋友家拜訪。她總是喚我：「我的孩子。」當她生病的時候，便輪到我照顧她。

我參加她舉辦的「青年星期三」。當我沮喪的時候，她會讓我心情好起來。我們之間的友情是建立在情感的基礎上，而非理智判斷。我在她家生活了一個月，在這段期間，我喜歡她，也了解了她的想法。我睡在你的房間，置身於你的事物當中，跟著你母親在你祖母的床腳邊度過夜晚。她很有耐心地糾正我的法文，也會因為我的猶豫不決而責罵我。我在巴黎的最後一個星期，因為捨不得離開而難過，那時也只有她安慰我。

我喜歡你母親。不過，當她對自己的想法太有自信，或是插手別人的事情，那就另當別論。她對你父親的愛非常熾熱，她用了這種愛情做為搖籃，撫慰著你的童年。她告訴你，自己從未感受過肉體上的愛欲。她這樣一說，更增添不少我對她的敬意。

就在一方豌豆田旁邊，我坐在兩輪車上，寫了這封信。

三月二十八日星期五耶穌受難日！

這是我第一次感覺不到耶穌受難日的存在，也是第一次沒有利用復活節之前的聖週，提升自己的心靈層次。就算今天早晨與母親上了教堂，對我而言，今天與一年之中的任何一天並沒有兩樣。儘管如此，午餐之後，我回到自己的房間，思考著如何尋出一個最好的方法，以便讓你接觸我的信仰。

或許你不喜歡看見我每日早晚跪地祈禱吧？（喜歡，喜歡啊！克羅德這麼想。）

你說過，有些祈禱是出自於怯懦的心理，然而也有祈禱是為了高尚的目的，或是因為有著必要性。

為何這個耶穌受難日已經不一樣了？為什麼我對此毫不後悔？

因為往常領聖體會使我的心裡為著信仰而努力，然而從聖誕節起，我盡了更大的努力。

我有意忘記，你並不相信耶穌基督特別的神性。

耶穌受難日是特別的日子。在這一天，我們可以思考耶穌基督的死亡，依照祂的紀律而生活，為祂對我們的愛和恩惠而顫抖，並且為一整年立下新希望，還可以為復活節領聖體做準備。

當我還小，總會拿著一張漂亮的紙，就像這一張，用鉛筆仔細地寫上字，之後再拿前一年所寫的做比較。今年我也會這麼做，不過我是要和你一起這麼做。

我跪著重新讀了關於耶穌死亡的故事，以及祂最後的話語。我以十誡為依據自我檢視，寫下自己亟需擁有的美德：謙遜和耐心。然而這兩項美德就像鰻魚一樣滑溜溜地，抓不到手。

我一直跪著。我可以感覺到神就在這個房間裡。我從耶穌在十字架上說過的話當中，選擇出這句話，作為面對周遭人事的準則：「我父，寬恕他們吧！因為他們不知道自己在做什麼。」

在去年寫的紙上，我讀到了這些話：「道德的戰爭獨自進行」，還有「我們最強的優點時常成為我們最嚴重的弱點」——通常我在紙上總是寫滿了引言，有單句、雙數句，寫在圓圈裡或是方格裡，而且還加上了小小的號碼、註釋、塗改等等，你看了一定會覺得好笑。

我摘了幾句——

「以做大事之心做小事。」

「別給克羅德意見比較好。」

「克羅德讓我心思煩亂。如何使這種感覺神聖化？」

「和母親相處：一、避免爭論以及對立。二、對她表現出我的溫柔。三、預先知道她的需要，在她要求之前採取行動。」

十三歲時，我告訴神：「主啊！我在這裡。我是屬於祢的。請接受我吧！我願為祢效勞。」

我自認是為神效勞之人。十九歲的時候，經過漫長的準備工作，我重新發了這個誓願。我在大教堂領聖體，決定獻身於神。這是個正確的行為，並帶來了明確的結果。

一年前，在我領聖體時，我搜尋著自己的意識，發現了對你的感情，就如同姊姊對弟弟一般。於是我說：「神啊，我愛克羅德猶如我兄弟。祢已先我而知。為了我以及所有的一切，是否應當接受這段愛情，使之成為他的力量所在？」

對天主教徒而言，什麼是聖餐禮？對我們而言，這是極度的莊嚴以及強烈的情感。大多數的人很少參與，不過所有人都在復活節的時候參加。如果在最後的時刻裡，你的意識上仍存有疑慮，那麼便不該參加這場儀式，同時應該在教堂內祈禱，直到意識清明為止。

我從來沒設想過婚姻。聖誕節過後，我必須對你重複說著：不，不，不，讓我極度苦惱。我對你的情感已經增長。我告訴自己：「克羅德將會對此感到後悔，不過他很容易交到朋友。」

這就是我一年前的想法。今天，我在耶穌受難日所寫的，就是這份洋洋灑灑的信件，眼看時刻已晚，快要見到星期六的曙光。我對你的感情已經有所不同，不再那麼奔騰激昂，而變得更為深刻內蘊。

我永遠不會背棄我對耶穌神性的信仰。

三月二十九日

今天早上母親對我說：「我不懂為何妳總是無法立刻說出好或不好。如果有可能是不好的話，那麼為了妳自己，為了我們，也為了獲得平靜，妳立刻放棄吧！」她不承認一月的時候曾經粗暴地對待過我們。我回答她，我們兩人之間還是停留在相互摸索的階段，而且要不是她，我們也不會將「愛」這個字眼說出口。

這封信是在瑪莎與迪克家完成的。你曾經說過：「一到他們家門口，便可感覺心靈已經受到了撫慰。」

我在花園工作。我有個幫手，他還是個孩子，身手靈巧，在我身邊蹦來蹦去。他自己也有座小花園，裡頭種了兩株玫瑰。在島上，我也有個幫手，身形巨大，同樣靈巧，不過他可不會到處蹦來蹦去。

我開墾著園地，想著發生過的事，想著我們感情自然地增長，想著我們無知的幸福，將彼此承受過的粗暴對待拋在思緒之外。

我們可以重修舊好嗎……？我們會喜歡重修舊好嗎？

由於我母親的刺激，讓你先我之前，走到現在這個地步。我們需要時間，需要彼此能夠時常見面。

我母親僅僅將我們醫生寫的檢查報告，寄給了你母親。

戴爾先生的長女卡洛琳斷然地站在你母親那一邊！此處能夠有人這麼做，讓人甚感寬慰。

我的結論就是，我尊敬，也愛你的母親，不過她不會相信的。讓她幸福吧！別忘了，她有病在身。

四月二日

我想起了你母親提過經濟方面的問題。這個問題曾經讓我們在某一天，心中隱隱約約的不安。

迪克和瑪莎結婚的時候，兩人都身無長物，靠著不同的工作維生，日子過得十分拮据。他們生了個女兒。以女兒為中心，他們創設了托兒所、小學，而小學的發展十分順利。他們沒料想過有這樣的結果。如此一來，他們得以在各自的專門領域裡，等待成功的到來。

我的志願是教師，需要一份固定的工作。你也是，你有能力成為教師。我可以自己做衣服。我要像安娜一樣，要求繼承父親遺留下來，屬於我的那一份財產。你說過你也有份財產，是特別留給你的，你母親無權取走。我擁有的財產再加上你的，我們根本不需要從零開始。

你可以寫作，對你而言，是那麼天經地義。如果你寧可賺固定薪水，可以到那家企業任職，負責與法國的聯繫事宜。我們不需要擔心。

四月三日

我心裡充滿了疑惑，瑪莎沒有辦法幫我。我需要的是你。

孩提時代，我總會站著扯下雞冠花的綠色花萼，以便探看花萼裡的模樣。花萼裡是粉紅色以及白色的皺摺與蜷曲。如果我很溫柔善良，又如果雞冠花已將腐爛，那麼這朵花便能再多苟延殘喘一陣子。我們就是如此對待你母親。

倘若我將一件事情弄砸了，選擇將這事告訴一位夠格的人，請他給我意見，而那人竟然向我解釋說，我做得很好，那麼，我會很生自己的氣。

我需要朋友給我批評，而非讚賞。

如果你想過姑息所有一切，那麼，寵愛我，讓我變得任性吧！

我內在像是風暴來襲：「我要自由！我要開創自己的生活！」我等待著新的光芒，讓一切都能沐浴其中，並且獲得轉變。

四月六日

我們只談論愛情。

愛情的目的為何？是生小孩。植物界中的自然奧祕，我了解。相同力量也將男人向女人推去。這種原始的本能足以達成目的。你試過了，不是嗎？

不需要轟轟烈烈的愛情？沒有愛情，一切也都能順利運行？心靈之愛？這是什麼意思？這些想法在我腦中游移。我心中萌生的愛情並不難懂。我的愛情很實際，看看瑪莎和迪克吧！

你讓我以另一種眼光看待生命……現在的我可以獨力打聽，並且了解一切。然而關於愛情，我只能靠你教導。我知道你愛我——如果對於這類事情，我們可以用「知道」來表示。我們周遭的人替我們說出「愛」這個字，然而愛，對我而言，只不過是一個字眼而已（為此我感到高興，你也是）。愛將我們的冬季摧毀。

好可惜，我要離開瑪莎和迪克了。我坐在你睡過的房間裡。瑪莎和迪克兩人，為了更能享受兩人世界，並沒有僱請傭人。他們一起做著家務，像是有合作默契的消防員。瑪莎和我一同等待你的消息。

四月七日

等到了！終於等到了！你直截了當地罵我，你本來就應當如此。錯過這件事的話，實在很可惜。你罵我意志消沉。我不會向你道謝，因為道謝這兩個字不足以表達我的感激。

假使我們並不認識，而我們談論的話題與神相關，那麼我會認為我們的神並無相似之處。可是，我，我知道我們擁有同一位神。

我對照了《萌芽》與《尼伯龍根的指環》這兩本書。你讀讀看吧！

讓我們先活著吧，之後再下定論。

昨夜，我將我們之間的事告訴了亞歷斯，要將這事情說出口並不容易。他不發一語地聽我說。當我話說完了，他從壁爐前的長椅上站起，俯身給了我一個吻。他能這麼做實在太棒了。他對我說：「我想過你們三人之間的友情。我以為克羅德先生是為了安娜而來的。我從來就不喜歡他，或許是因為嫉妒吧。」

如果我和你只是朋友，哪管亞歷斯怎麼想。然而如果我們變得比朋友還親密，我確定你們兩人一定會惺惺相惜。關於我們之間的事，查理不予置評。

四月九日

我到森林裡去，回到了我們那座青灰色的池塘，我坐在長滿青苔的樹幹上。青蛙等待著，準備一躍而起——我也是。青蛙也有屬於自己的故事。

你期待著我的信……如果我強迫自己寫信給你，那會更糟。

我真的意志消沉嗎？三年來，我常常生病。或許你母親是對的？

當我發現自己好的部分，我不知道那是來自於我本身，或者來自於你。

當我在心裡對你保有溫柔，因為擔心不能長久，所以我會有所節制。

四月十五日

我寄給安娜一本關於女性身體的書籍。也許她會問你一些問題，她讀的書比我少。我不知道她的藝術家生活可以讓她學到什麼。寄給她書的目的，是希望她能夠不再像我以往那般，對於人體器官自然的運作，有著恐懼或疑慮。

為了從中做選擇，一定要對這兩樣東西有所認識。我無法從美德以及敗行當中做選擇，因為我只認識美德。

安娜給克羅德

五月六日

在你家的最後一日，你母親告訴我：「如果克羅德娶了米瑞兒，那麼在我有生之年，我不要見到克羅德、米瑞兒，還有他們的小孩。」

她做得到。我看過太多例子了。

今晚我隨著自己的心意，想著你和米瑞兒。你們有著共同點，不論是學習語言，或是幫助別人，你們都能逐個進行自己所選擇的工作。你們很有勇氣，當下毫不覺得累，然而最後總會為疲憊所壓垮。

你們兩人擁有我缺乏的東西，我稱之為拿破崙的直覺。

克羅德的日記

五月十五日

我到巴黎去接克蕾兒。船靠近多佛爾時，在星空下，我們坐在船前端的甲板上。

克蕾兒說：「你還記得布達佩斯的小島嗎？」

小島的景象浮現在我眼前。那年我十六歲，與克蕾兒進行歐洲之旅。前一天深夜時分，我們兩人聽著吉普賽音樂。克蕾兒稍稍責罵了我，然而我覺得她的指責毫無道理可言。我忘了她是為了什麼而不滿，不過我們兩人之間起了D……I……A——Dia之類的爭執。我們發現彼此已經不能和平相處，決定繼續旅行，只不過各玩各的。我們將周遊券拆成兩張。我取出隨身攜帶的旅行資金，放在長凳上。全部都是拿破崙金幣[19]。我將其中的三分之二分給克蕾兒，畢竟一個男生旅行所需的錢比較少。克蕾兒不接受。

隔天早晨，我們最後一次共進早餐。這個時候，我們已經忘了前晚的不快，決定不分開了。

回想起十五歲那年，我做過一場激烈的夢。

克蕾兒，這個我幼時的未婚妻，進入了我的房間。她半裸著，神情嚴肅，配戴著古老的珠寶。她平躺在我身上，動作像是位女祭司。她藉助一根不明的針棒，進入我的性器，我感到非常疼痛，下腹部冒出冷汗。克蕾兒消失了。

一會兒之後，她重新回到我的房裡，還戴上顏色較為鮮豔，具有儀式意味的裝飾品，再一次拿起針棒侵入我的身體。這一回往身體更深處前進。她一定刺穿了我身體內部的某樣東西，我感到一陣令人痛苦的痙攣，一陣噴流驚醒了我。

從這個夢境開始，克蕾兒對我而言已經不再具有肉體的意義了。我和她之間的關連已然切斷。我對她的子女之愛，仍然完整無缺地繼續，然而我的體內激烈地需要獨立，我也想尋找一個和克蕾兒完全相反的女人為妻，不過，她的模樣應該和克蕾兒相似。

克蕾兒告訴我：「你父親比我還早關心你。我呢，在你出生的時候，只想到你父親一人。我生你的時候，痛得不得了，所以當別人把你抱來給我看的時候，我瞧都不願意瞧你一眼，讓你祖父頗為生氣。而你父親則是覺得好笑。當我睡著的時候，他要其他人都出去，然後用枕頭墊住你，放在床頭位置。他讓我們兩人單獨在房裡，面對面一同入睡。當我睜開眼睛，我看見了你。四下無人，我將你抱在懷裡，就好像是抱著愛人。我用盡力氣大喊了一聲。就是這樣。你父親聽見了我的叫聲，進入了房裡。

「過了幾年，當他過世的時候，你我又再一次獨處。我照顧你，稱你為我的紀念碑，我一磚一瓦地將你砌高。為了你，我學了拉丁文和希臘文；你喜歡旅行和語言學習，我資助你；我也盲目地協助你以自身方式學習知識。

我不怕失去你，但是我怕你毀了自己。

在屬於你的時刻裡，你將會從事一項讓你高興，又可維持你生計的事情，讓你可以建立自己的家庭。

如果你以建立家庭為前提，那會十分危險。你曾經到克奈普修道院接受治療，你住過院，還很虛弱。或許你將來是個思想家，僅此而已。你不適合從事固定工作。米瑞兒的心智發達，不過這三年來，她花了一半時間在治療眼睛，然後立刻再將眼睛搞壞。她以後將是個作家或醫生。你們兩人都充滿熱情，別人都催促你們結合，你們應該也想過這點吧。

戴爾先生和他太太是布朗家庭的好朋友，也是我們最近交上的朋友。我請求他們的幫助。

我將自己對於這件問題的看法寄給他們。他們邀我去他們家一住，明天中午，他們等你一起用午餐。」

克蕾兒對自己說的話多所節制，以往她的用詞較為刻薄。我可以感覺出她希望我能離開米瑞兒。她說的話當中，部分確實有理。

這場午餐聚會，氣氛融洽親密。戴爾家的小女兒並不在場。卡洛琳是克蕾兒溫柔的朋友，她告訴克蕾兒：「我父親天生是個仲裁者，擁有人道精神。他會找到解決的方法。」

戴爾先生宣稱：「我們聚在一起，是為了討論未來可能的婚姻。我聽過了贊成與反對的意見。這個事例很簡單，因為每一方彼此皆以情感相繫。兩位年輕人並不是要立刻結婚，而是希望在彼此有意願之時，能夠不受任何限制，自由地步入禮堂。女孩的母親不管是讓這兩位年輕人結合或分開，只希望能盡快解決此事。而年輕人的母親則是認為，以兩人目前的健康狀況來看，要談論婚姻根本不可能。

「我和內人及女兒在考慮之後，提出了建議，也就是，為了彼此的母親著想，米瑞兒和克羅德需要先分開一年。在這段期間，兩人應該彼此遠離，秉著誠實的態度，互不通信，互不見面。這是個犧牲，不過一年之後，如果他倆還想要結婚，或是重拾友誼，那麼米瑞兒的母親以及克羅德的母親都不能反對。明天我也會將這個建議告知布朗太太以及米瑞兒。」

克蕾兒希望獲得全面的勝利，不過誰知道一年之中會發生什麼事。

正當我和米瑞兒非常需要見到對方的時刻，卻要強迫我們分離，我認為這一點也不人道。戴爾先生談論起其他話題，戴爾太太和卡洛琳擁抱克蕾兒，克蕾兒投進了我的懷裡。

隔天，戴爾家邀請米瑞兒以及布朗太太共進午餐。戴爾先生也對她們提出相同建議。布朗太太堅持一年之後，就得給出同意或不同意的結果。米瑞兒臉紅得不得了。戴爾先生解釋說，這個要求本身並不合理。克蕾兒宣稱米瑞兒的健康狀況不好，布朗太太對此也提出抗議。

卡洛琳說：「她因為受到了打擊而生病。」

布朗太太說：「我們所有人還不是一樣。」

米瑞兒說：「我們好好考慮吧！」

米瑞兒給克羅德

五月十八日

結束了戴爾家的午餐之後，我和母親到你家去，心想若運氣好，或許可以見到你們，結果你們不在。他們要我們分開一年……這是個新的想法。就目前而言，我的思緒滯塞，無法思考。

我們是被狩獵的動物。

根據戴爾先生的說詞，你母親的的確確承受著苦痛折磨。對我們兩人而言，沒有什麼好急的，對她而言卻是相反。

快來吧！安娜才剛到。這個分開一年的決定，也將她包括在內。

願神守護著我們！

只有三個詞可以送給他們，那就是愛情、友情、遠離。三種情境不斷相互糾結，遂讓人無從定名。

克羅德的日記

五月二十二日

我急忙趕往小島。在那裡，我受到熱烈的歡迎。米瑞兒和我因為危機而結合。布朗太太和安娜都感受到了我們的誠心，她們低調地處理我們兩人的事。一種閒適愉快的氣氛籠罩著。我們三人仍然在一起，不受任何拘束。

那十二隻小豬都長胖了，快認不出來了。我學習如何耕作每一方庭園。

米瑞兒與安娜讀了龐畢度夫人[20]責怪路易十五之詞：「法國！你的咖啡壞掉了。」

她們兩人對我說：「法國，你好。」

我喜歡這個稱呼，她們倆也是，接連一個小時，皆以「法國」喚我。

米瑞兒對安娜說：「不過，他並不只是法國。他念過唐吉訶德、但丁的故事給我們聽，他讓希臘這個國家變得活潑有趣，他使我們領會了叔本華、瑞典作家克努特、易卜生還有托爾斯泰的作品。他比較像我們英國人所說的歐陸——一個不包括英國的歐洲大陸。

隔天她們這樣對我說：「你好，歐陸！」

不過聽起來並不怎麼順耳，她們放棄了這個稱號。然而每當我話說得太多，米瑞兒便會對我說：「一位優秀的歐陸推銷員，應當注意他那住在島上的聽眾何時疲倦。」

米瑞兒給克羅德

五月二十五日

如果我們夠勇敢，或許這場分離就不算什麼了。想想看，我們之中有人有一天會死。

我們應當接受這個決定。安娜是這麼想的。

我只是你生命的一部分。

你的房間一直都等著你回來。

你搭的那班火車中午抵達，我會騎著小馬到車站等你。

你只有你母親一人，而我，不止有我母親，還有安娜、我的兄弟和小島。我沒有什麼好抱怨的。

我們要分開一年，那麼這一年從何時算起呢？為什麼不立刻開始？這樣一來，一年的分離也可以盡早結束。或是下星期一開始？那天是你的二十三歲生日。

我們兩人曾經在內心有著無數的掙扎衝突，然而打擊著我們的，卻是外界的力量。

我們兩人都要寫日記，然後寄給對方。

譯註18——Blaise Pascal，1623-1662，法國神學家、哲學家、數學家、物理學家。

譯註19——原文：en Napoleons。Napoleon 為法國舊時金幣名，值二十法郎。

譯註20——Madame de Pompadour，1721-1764，法國國王路易十五的情婦，握有政治與文化的實權，影響十八世紀法國的藝術發展甚深。

11 分開 La Séparation

米瑞兒的日記

一九〇二年五月二十九日

克羅德已經離開了幾個小時。

我要做些什麼呢？——在一年後，也就是他再來之時，變得更堅強、更溫柔、更慷慨，成為一位更優秀的女人。

克羅德的日記

一九〇二年五月二十九日

兩個小時之前，我們仍然還在一起。我的喉頭發緊，和一月時的情況相同，不過現在她對我已經有著些許愛意了。我並沒期望她會愛上我，而我本來也會因為我現時剩下的所有而感到幸福。

在島上共度的那三天是多麼地快

樂啊！安娜還有布朗太太陪著我，我們一同身處花團錦簇之中。在即將抵達的途中，我見到米瑞兒坐在小馬車上，她的小馬麥爾其奧迅猛地奔馳，而她則是作勢鞭策著馬兒。

安娜與米瑞兒應我的要求，特地再次坐在鋼琴前邊彈邊唱，然而她們的聲音卻不如往常那樣充滿自信。

在我和米瑞兒的最後一次夜遊，我們兩人再一次坐上寬大的柵欄。不知是何種力量，催促我雙手環抱著米瑞兒，然而一個聲音告訴我：「別這樣，時機還未到，千萬別倉促，否則你再也不能脫身了。」

在花園裡的最後一頓午餐，離別在心中猶如一把刀刃，在劃傷時才覺得痛。

五月三十一日

我醒來時，感到滿腹惆悵。因為克羅德的關係，媽媽特意吻了我一下，稍晚時，我才體會媽媽的用意。我試著彈奏鳴曲，但是整個人惦著克羅德，只覺得疲倦。安娜邀我和她一起去花園，我拒絕了。我獨自坐在鋼琴前面，放聲大哭，哭過之後，心裡覺得輕鬆了些。真沒想到這場分離，讓我這麼難過。我不要這樣。唯一抒解我心情的方法就是去倫敦工作，於是我寫信給孤兒院院長。

我到教堂去。我特意為了領聖體而留下，也為了克羅德……我不知道這代表什麼意思，但就是為了他。我的淚珠滑落。當我領到聖體時，我用濡溼的嘴唇念著：「克羅德，克羅德。」神了解我的心事，並且讓我平靜了下來。

我會不顧一切地跟隨他嗎？

他和我身邊的一切是那樣不同，但又並非是最好的。

如果一年後他還愛著我，我會告訴他，要他讓我能感受到他的愛。假使他是個海盜，想奪走我所有的力量，我也會毫不抗拒。

六月二日

我不哭了。每一次的日落，都有著克羅德的容顏。對於沒有他的生活，我做了安排，自己果然覺得更為平靜。是否會有那麼一天，他將重新進入我的生活？

這次換成安娜心情不佳。她看起來頗為沮喪。

六月二日

我和卡洛琳・戴爾去舞會，還和她跳舞。她們兩人的身影並未跟隨著我。

六月四日

下議院會期開始了。如果要比較下議院和我們法國的眾議院，我覺得相當於拿米瑞兒和我相比。過了半夜，走在返家的路上，看見小巷裡有兩個窮人躺在地上睡覺。一個身體蜷曲著，另一個則躺在乾涸的水溝中。

能怎麼辦？

六月七日

母親答應讓我到倫敦工作一個月。

我和表妹回到了修道院。我期待再見到克羅德坐在禱告席上，也感覺到他與我同在，我十分欣喜，變得多話。只不過，這種情緒卻因為頭痛而煙消雲散。

我愛克羅德嗎？我不覺得。

我需要他嗎？不需要。

我想要和他廝守嗎？不想。

有聲音唱著：「神責罰祂所愛之人。」

我笑了，這說的不就是克羅德嗎？

六月八日

在瑞士時，有一天她給了我一塊結婚蛋糕，並且告訴我說：「吃吧，這樣就會夢見我們未來的心上人。」隔天早晨，她笑著對我說：「我夢見的人是你。不過，這不能算數，因為我們交換過蛋糕。」這是真的。這是我唯一一次見到她如此調皮。

鏡子迷宮、巴黎聖母院、湖上的暴風雨、火車車廂裡的寒冷、島上的霧氣……我有信心。

神啊，請您讓克羅德不要再如此地愛我，因為我不懂他這樣愛我代表什麼。

六月十一日

眼疾、頭疼、憂鬱：這樣值得嗎？

亞歷斯從戴爾先生家回來了，他贊成我們分開。

六月九日於倫敦

夢境：米瑞兒直躺著，在我身旁睡著了。我們之間毫無肢體接觸，但是我已別無奢求。

今夜她又入夢。我鼓起勇氣，想將手臂伸到她的腰彎，但是釘子勾住了我的衣袖，於是我自夢中醒來。

六月十一日

克蕾兒生病了。今天早晨，只要她一稍有氣力，就開始抱怨，後來便哭了起來。她哭著說，沒有理由要她這樣受苦，她本來可以很幸福的，但是卻得了神經衰弱症——克蕾兒常常對別人說起「神經衰弱」這個病症。

我帶她去看《哈姆雷特》，可以讓她暫時不受病痛之苦。

六月十二日

在她家的最後一天，布朗太太曾經對我說過：「啊，一年後你們的感情就會穩定下來。」

聽到這話，米瑞兒搖了搖頭，一副懷疑的樣子。

我的愛就像一個跟著我生活的孩童，有時沉睡，有時感到飢餓。

我們要在英國還是法國生活呢？

米瑞兒像是突然之間便學會了法文。我學英文都沒像她學法文那樣，既快速又精良。那麼她學德文應該也是一樣的情形。當心她的眼睛！

對我們而言算是慶幸。

六月十三日於倫敦

我進入孤兒院內的遊戲室，院方人員已經離開了。這些女院童要我和她們玩球，於是我滿心歡喜和她們玩了起來。晚餐時刻，我應該要念禱詞，但是我猶豫了，因為內容有些記不住。

這些十二歲的小女孩是多麼地討人憐愛。我已經認得芙羅麗、賽熙兒、葛萊蒂、艾蜜麗還有羅絲。她們的名字在我的腦海裡串成了一圈花環。

我和她們一起散步了三個小時，完全沒發覺自己就像是和克羅德一同散步般地走著。

在地下廚房進行的糕點教學十分有趣，也同樣實用。

我就住在霍恩比館附近！我害怕在路上遇見克羅德，視線卻搜尋著他的身影。

六月十五日於倫敦

於床上。克羅德你錯了。你不應該任意結識一個女人，就算只是萍水相逢。必須累積自己的欲望，直到遇見了命天子或天女為止。任何偶然脫軌的想法都會降低欲望。對於這點，如果你的想法仍無法改變（我的想法是不會改變的），那麼，我不允許你對我談情說愛。

多明尼克．德佛蒙旦，這個故事主人翁應該在結婚典禮舉行之前，向馬德蓮娜表達自己的心意。而你，從沒對我表達過心意。我只認識你的超我部分，而你的本我則是被超我緊緊控制住。我怎麼能夠知道是否愛你？

如果我真的對你有著愛情，那麼我的愛就如同天上的一顆星子，幾乎無法觀見，也不會在宇宙星河間膨脹。

今日在教堂裡，年輕牧師講道的內容令人感動。如果自己的丈夫相信祈禱的力量，相信基督的神性，同時能讓我參與他的工作，一起為窮人服務，那會是多麼地快意啊！我冷眼看著飄盪在周圍的克羅德，並且對著他說：「我不能愛你。」但是與此同時，我對著他微笑，心裡愛著他。他，是我最重要的朋友、我的兄弟。他還年輕，他將會成長。我相信他這個人，而非他的原則。

講道結束，大家唱起了聖歌。此時牧師從他的席位上，居高臨下地看著我們。我套上大衣，綁起了圍巾。脖子上的圍巾看起來平凡，卻帶給我許多樂趣。牧師仍看著我們，我的嘴裡雖然繼續跟著唱聖歌，又立刻解開了圍巾，露出了我的脖子，還有漂亮的絲質罩衣。忽然之間我想起了克羅德，他一定會這樣對我說：「這是基於本性，這樣做還不錯。」

嗯，克羅德你錯了，因為我呢，我

知道這樣做很糟、很糟。我知道原因，但是我不想說。

明日我因為工作關係，必須到霍恩比館一趟。事出突然，無法拒絕。我必須戒除雙眼四處搜尋著你的習慣。真希望你也能在院童的圍繞下，做著和我相似的工作，並且樂在其中。

六月十六日於倫敦

我從你們的庭院中穿過。院子裡有一大群年輕人，幸好你不在其中。我想我不能再繼續和你保持一般的友誼。

你大可以強迫我愛你，但是你從來就沒試過，現在已經太遲了。由於我們兩人的腳步不一，因此這樣對我們而言算是慶幸。

六月二十日於倫敦

在他住著的城區，我仍不斷找尋著他。我要對他說：「你不是我的理想夫婿。」

他從來就沒正式地向我求愛——如果有的話，大概是在聖母院的鐘塔上吧，不過，那算是求愛嗎？他苦心安排讓我不得不愛上他。對，就是這樣。

「晚安、克羅德，我不愛你。」

這句話是出自真心的嗎？至少我是這麼希望的。

隸屬於這些貧窮教區的牧師，他們的容顏我非常喜歡。昨天其中的一位牧師來探訪我們，還和每一位女院童説話。我到府做家訪，遇見了平凡的英雄，也見識到行徑幾近禽獸之人。

六月二十一日於倫敦

我迷了路。克羅德，我的朋友啊，今天你做了什麼，讓我如此飽受折磨？

六月二十一日於倫敦

我和克蕾兒一同去看《翠兒比》。這齣舞台劇的演出頗為成功。翠兒比我可能會愛上你嗎？不，不可能！

到皇家學院看展覽。每個瘦削的黑衣婦人都像是克蕾兒，每個極為高大的年輕男孩都是克羅德！他們母子有可能在展覽會場，並且藏起所有圖畫。我想大喊：「克羅德你在哪裡？你躲在哪個角落？」

我全神貫注於閱讀《貧窮法案》，隨後感到十分疲憊。明天他們讓我休假一天。這一天假期，我會為了克羅德而過，因我今天我幾乎愛上了他。

他們派我到另一所孤兒院去。我將會在與克羅德的住所距離三百公尺之

就是妳，米瑞兒，而小比利就是我！至於將我們分開的克蕾兒則嘆著：「可憐的翠兒比！可憐的小比利！」

如果我們可以隨我們的意願住在一起，讓……來臨，當彼此的感情確定之後再有小孩，那該多好。

安娜也是個難得一見的好女孩。

處落腳。

六月二十四日

我去監獄探訪。我在克羅德住的街上逗留，找尋著實際上並不存在的精品店，然後夢見了他。自從我們分開後，這是第一次夢見他。我是否應該記下夢境？畢竟他說過會記下自己的夢境……

夢。我們的額頭幾乎貼在一起，兩人的心裡都覺得既非心傷又平靜。我母親也在，就在某一處。我手持一顆漂亮的花胚珠，將這顆黝黑的胚珠切成兩半，將籽擠壓到我的手心，再攤開給克羅德看。他抓著我的手，並將眼睛湊近我的手心端詳著說：「這代表了什麼呢？這些……」他要說的是：「這些掌紋。」我為什麼知道呢？因為他瞧的是我的掌心，而非花籽。他喜歡握著我的手。我感受到我母親的存在、我們分開的決心，同時也感覺到我們不應該在一起。我們的雙唇有了動作。我驚醒，一切全都消失。我在夢中幾乎親吻了克羅德的唇，這是從未發生過的事，我也從未吻過任何男人。一切就像因為命中注定而發生，毫無任何令人喜悅的感受。

我將終身不嫁，並且留在這裡工

作。

六月二十五日

一位年邁的報商將自己的積蓄化為五先令的紀念徽章，想要在國王舉行加冕典禮時趁機轉賣，沒想到國王生病了，因此徽章賣不出去。她來用我們免費提供的熱湯，並告訴我：「我敬愛神，祂總是幫助我擺脫困境，只要一想到他，就算我沒得吃，也能感到喜樂。」

我在一間可以直接望見巴力奧爾之屋的房間喝茶。這房間距離克羅德的房間只有三十公尺，克羅德曾帶我去參觀過那裡。

我親眼目睹一個家庭因為賭博輸錢而發生悲劇，想不到賽馬賭博的觸角，竟然也伸向貧窮家庭。我希望英國能禁止博弈活動。

六月二十六日

我夢見在路上遇見了克羅德。簡而言之，這場夢情節緊湊，毫無細節可言。

六月二十九日於小島

他已經離開了一個月。在這裡我反

六月二十八日

一年有十二個月，我又過了一個月。在大英博物館的圖書室內，透過斜面固定書架框，似乎看見了米瑞兒。我仍會繼續在窮人餐會上擔任服務生，只不過沒有她的陪伴。

而覺得更糟糕。「我愛他嗎？」這個一直在心頭縈繞不去的問題，又開始煩擾我。我氣得哭了起來。一個嚴肅的聲音如此告訴我：「你們分屬不同的類型，他並不適合你，去找尋其他男人吧！」可是我一直都能感覺到他，這一定代表了些什麼。我的哭泣並不是無來由的。

我從不向安娜還有母親提起克羅德。

我現在所從事的工作要求單身。為何不全心奉獻於工作，並且向克羅德說清楚自己保持單身的打算？

雨已停歇。我走到大門，對著自己說：「克羅德，你助我成就今日的我。可是我不願意馬上將自己永遠奉獻給你一人。然而如果你回來這裡，態度堅決，而且用你的愛包覆我，那麼我就給你機會。」

七月二日於倫敦

一位米瑞兒的女性朋友告訴我，米瑞兒在倫敦時就住在附近的孤兒院。那麼，當時我有可能會遇見她的。如果真遇上了她，我會怎麼做呢？

我會毫不考慮地跑向她，握住她的雙手，對她說說話。這會是命運給的禮物。

（克羅德的手記中，此處以下有好幾頁被他用藍色筆畫了叉，還寫著「重複」的評語。）

七月三日於小島

我擔心安娜。她總是心不在焉地過日子。看她整個人無精打采，還扭傷了自己的手腕。我問她：「媽媽為我擔心嗎？」

「是的。她想著妳是否已經放棄克羅德了。」

七月四日於小島

我花了三個小時，不停地收割牧草。我唱著歌，手中的乾草叉配合節拍擺動著：「克羅德，我的心噗咚跳著，喘不過氣來……來幫我收割牧草啊！」

有些字眼自行從我口中迸出，有時還與我的本意相悖。比如說：「我愛你啊，快帶我走吧！」

七月五日於小島

晚餐時，母親硬要我吃下遠超過食量的食物。我順了她的心意。真是羞恥！

從昨晚一直到今天早上，我變得歇斯底里。這是自聖誕節以來第一次情緒如此不穩。神要阻止我成為克羅德的妻子！

七月十五日於倫敦

我又來到了倫敦，而克羅德終於也回到巴黎。我的思想和精神變得更自由了。

我做了夢，但是醒來時，只記得其中一個夢境的內容。這場夢與上帝所給的前幾個夢不同。

我和安娜在我的房間裡。我一個人安靜地穿衣，而克羅德在我身後。他坐在我的床上，面目模糊。他舔著自己的手指，濡溼的指尖彷彿浸過蜂蜜，觸摸我裸露著的髖部。這種行為既猥褻又敗德。「住手！」我這麼對他說，但是他的手指仍不停摸著我，「我不允許你這樣做！」我斥罵他並且憤怒地看著他，他便消失無蹤了。

這場夢實在墮落，毫無神喻之處。克羅德已遠離的事實，讓我心上的石頭落了地。我們的想法隔開了我們。十個月之後，我的想法不會再改變嗎？他可能會發現我不是那麼重要。

七月二十日於倫敦

今晚，我第一次成為這所孤兒院的負責保母，也是這裡唯一的大人。

我不再寫這份給克羅德的日記，內

容實在單調。如果我要再寫一份日記，僅僅只會為了自己而寫。我永遠都不會結婚。

米端兒給克羅德的日記終了。

米瑞兒寫給自己的日記

七月二十六日於倫敦

我正在閱讀一份馬蒂諾[21]撰寫的研究報告，內容是關於「真實情感以及造作情感」。

我對自己演戲嗎？

我想和克羅德結婚，從來不是為了自己，而是為了他。

如果他愛上別的女人，一切都將有了秩序。

我和院童的相處發生了一些問題。羅西故意在望彌撒時遲到，因此我必須讓其他院童先到教堂，我再帶著羅西與她們會合。到了教堂，她又拒絕開口唱聖歌，我非常生氣。領聖餐禮讓我的怒氣平息下來。

七月二十八日於巴黎

我做了場夢：我小心注意著一扇窗簾緊閉的窗。窗戶自己打開了，我看見安娜對我微笑，笑容平靜。不見米瑞兒蹤影。安娜喚她。我看到安娜的嘴唇一開一闔，但是我聽不到聲音。米瑞兒出現了，她奔跑著，彷彿已經遲到了，還拍著手。就這樣。

八月一日於巴黎

自己的情感表達完全為他人所牽動著，算不算是缺點？

八月二日於倫敦

三年前的八月一日，我認識了克羅德以及他母親。這些日子他慢慢從我心中淡出。我不會堅持再見到他，但是會朝著他啟發我的方向努力工作。

在廣闊的天際有朵小黑雲停駐著：那是我終究得說出「我願意」的想法。這朵黑雲飄遠了。

我在廚房裡和這群特別的女孩子切著羊肋排。為何我無法像切斷這塊肉一樣，乾淨俐落地切斷我對克羅德的感情？

八月十五日於帝羅爾

我和克蕾兒兩人，在因斯布魯克附近的山上住了下來。如果我娶了米瑞兒，那麼這將是我與克蕾兒共度的最後一個夏季，為此，我用盡心思，務使克蕾兒能夠時時感到愉快。

旅館老闆的兩個兒子都還就學中。他們教我用長劍決鬥，並且用劍刺我左肩——那是唯一不受盔甲或填塞墊料外套保護之處。我教他們打拳擊。我戴著他們母親特別做的抱枕手套，賞給他們幾記勾拳。

他們在曙光出現或是夕陽西下之

感謝神讓這些女孩在此！她們之間的吵吵鬧鬧，我都可以寫下來編成書了。

時，帶我捕獵黃鹿。他們在山上有座歇腳處，在那裡，我們躺在傾斜的地板上和衣而眠；沒有水，我們以啤酒洗手。

亞歷斯一定會覺得這樣挺有趣的。

他們有兩個姊妹。一個今年十八歲，是個標緻的女孩，有著嚴重的黑眼圈。她和未婚夫決裂了，大家都替她擔心。

某晚，我和一位工程師到因斯布魯克去。他帶我進一家啤酒館，裡面有一些胖女人能夠靈巧地用真假音互換著唱歌。從酒館離開時，我對著星星致意。

為了回到旅館，我不得不花兩個小時獨自走在一條筆直，卻到處坑坑洞洞的上坡小徑，並且穿過一片茂密黑暗的矮樹林。走入樹林之前，我彷彿看見了一個靈巧又令人擔心的身影先我而入。我停下腳步思考了一會兒，決定逼自己也跟著進入樹林。樹林裡枝葉茂密，月光無法穿透。我的手按在槍上。因為剛才抽過帝羅爾大雪茄的關係嗎？汗珠從臉龐滑落。我害怕再遇上方才的身影，或是從小徑

八月十七日於小島

我回島上一個星期，終於能擺脫關於克羅德的一切。他已經不在島上了。當我想向安娜談起克羅德，安娜總是閃躲著，避開這個話題。她是否擔心會影響我呢？還是她不再愛我了？希望不是這樣。

走下來的人。還好，一切都沒發生，恐懼也消失了。我的姊妹們，妳們應該不曾體驗過這種恐懼。

八月二十二日於小島

一切事情都不像我設想的那樣有條理秩序。在島上，克羅德又出現了，沒錯，真的，只不過我的心裡已較為平靜。我種下了一株勿忘我。我對自己說，這是為了克羅德而栽，來年五月時，就會開起花兒。

然而，我還是挺喜歡能夠有這一年的休息。

八月二十五日

他們在日出之前，帶我到我的崗哨處，其他三個男孩則在山上更高之處，分別從不同高度監視著獵物的動靜。天色剛亮，仍不見黃鹿蹤影。太陽開始升起，四周是一片令人感到清爽的潔白。我與每一小片景色，等待著。雲朵慢慢地捲起，堆積成一幅櫻桃紅色的創作。

我因為太過激動興奮，身體完全繃緊。

在地平線那一端，那輪圓盤的邊緣慢慢顯露，然後放射出第一道金色光芒，就像是妳的秀髮。

我遵循著某個未知的規則，放下了獵槍，全心投入這幅絕美的作品，而米瑞兒，妳也是構成作品的一部分。我想妳不能了解我所說的這句話。（註：兩年後克羅德讀了米端兒的告解，才知道有一天，同樣的神聖感動也降臨在米端兒身上。當時她在高聳的麥穗中仰躺著，面對著青空。）

約百步之遙的林中空地，出現了一隻牝鹿。我用望遠鏡觀看著，這隻鹿似乎在找尋著什麼。

這個距離讓我的短槍無法瞄準。我的同伴們繞了一大圈，將獵物趕向我。

我舉起槍，瞄準了牝鹿，扣下扳

八月二十七日

夢境：他進來了。我想像個姊姊一樣地握住他的手，但是我沒這樣做，免得誤解因此而生。我也想給他一個吻，就像吻自己的兄弟一樣。但是我也沒這樣做，因為同樣的理由。我在床上翻來覆去。母親的聲音從她臥房裡傳來。她

機。牝鹿輕輕地跳起來，緊接著再跳了一下，便毫髮無傷地在矮樹林裡跳躍。

一時之間，我感到失望，不過心情隨後跟著這隻鹿一起雀躍了起來。

問：「發生什麼事了？」將我給驚醒。我回答：「到了明天，一年就算是過了四分之一。」我想順勢向她談起克羅德，但是她不願意接話。

八月三十日於小島

克羅德又溜進這裡，沒有表情，也沒給我帶來不快。

如果我有了什麼表示，那就是微笑吧。

戴爾一家人告訴我，他現在正與克蕾兒兩人在奧地利。

我正讀著《復活》。

九月一日

我開始大量地閱讀尼采及其評論者高蒂耶的著作。這也是我唯一所做的事。

他說出我萬般尋找之物。我想要念給我的姊妹聽，在此摘錄出這些片段——

「除了我們所賦予它的關注，

克羅德，你忘了我嗎？我正如此希望著。

世界不過是一塊無足輕重的物質罷了。」

「噢，行善的人們！你們還想得到報償啊！……沒有報酬，也沒有人負責記帳……」

「人是一座橋，不是拿來作為目的。」

「生命就是那種想要不斷超越自己的東西。」

「最大的惡對於『超人』最大的善來說，是必要的。」

我的姊妹，妳們可以想見得到，

這些話語給了我多麼大的感動！我將全副心力放在閱讀以及思考上。我又開始鬧頭疼了，可是，對我而言，這只是微不足道的代價。

還有——

「一種道德就是具有一種特定生理學性質的特殊功利態度。」

「即使事物是存在的，對事物而言，它的本身終究是難以辨認的。我們根本無從得知事物是否存在。」

這些思想讓我心醉神迷。我將使自我的人生遵循以下思想而行——

「與其嚮往幸福，不如崇尚高雅。」

「對自我最大的殘酷，便是最高的美德。」

對我們而言，這不啻是關鍵思想！

如今查拉圖斯特（Zarathoustra），是我的生活良伴。我會向妳們介紹他的生平思想。他讓我就像是個修道士。

假使我真的成了修道士，我會立刻將這份日記寄給米瑞兒。

九月七日於小島

有股欲望，引誘著我看克羅德的相片，或是望著他的筆跡。危險！我常不會這樣做。

我打網球。這是克羅德喜歡的活動。打到第七局時，突然感到視線模糊，只得進入房裡在床上躺著。我想讓自己積極、愉悅、活力充沛！我是否應該重新培養午睡的習慣，減少園藝工作量？

我又開始心情不佳。我必須即刻向他說出「不」字，而且永不收回。

今早，安娜和母親分別含蓄地批

她的心裡會感到輕鬆許多，而且也會因為我們三人又可以像以往一樣，而感到喜悅。這一陣子，我不會回到倫敦。我要去德國。

一月的時候，我曾經想要立即擁有米瑞兒的孩子。現在當我想起這件事，我的心情平靜，表示我已經痊癒了。等我回到巴黎，我會先與安娜碰面。

評我說：「妳真是不可愛！」

當我生氣的時候，覺得自己很醜。我鑽進了母親的被窩裡，握著她的手。我的眼眶溼潤。我睡著了。

克羅德總在我心裡、思緒裡漫遊著。我將只愛他一人，儘管他無法見到我。

我的表哥比利來這裡作客幾天。他已經五十五歲了。從我還是個小女孩的時候，就非常喜歡他了，他總會讓我坐在他的肩頭上。大家誇讚他是個忠實而幸福的丈夫。

十月三日於巴黎

今晚，我回想著我們之間所發生的每一個細節。有一天，我會將我們的故事著作成書。米瑞兒說過，我們所記下的一切，將會對他人有所助益（註：五十三年後始編成此書）。

十月四日於小島

我開始在家裡過著有規律、嶄新的生活，只不過，還不足以捻熄克羅德帶來的火花。我再也無法接受他不再愛我的想法，然而我卻喜歡在這島上過著沒有他的生活。

我開始掉髮。母親說：「天啊，怎麼掉這麼多！但是還會再長的。」然後便改變了話題。

然而因為克羅德，我頗為在意我的頭髮問題。希望當他再來之時的我，盡可能完美無瑕，並且能再與他一同玩板球，健健康康，沒有染上風寒。等到五月底或是六月初他就會在這裡了。

十月五日於小島

我本來想獨自去看眼科醫師，母親堅持要陪著我，於是，壓抑住的怒氣，加上隨之而來、一貫的後續發展，我變得令人討厭。

我要一個完全屬於我的克羅德，若非如此，我寧可放棄。

假使結果是我必須選擇放棄，那麼對我而言，這個結果等於是死亡！

十月八日於小島

我愛克羅德，我無法入眠。他正站在我窗前。我趕忙跑出家門，上前摟住他。我帶他進門，讓他在客廳睡覺。他躺在沙發上，我幫他蓋上毯子。這場夢太真實了，我早晨起床後還跑到客廳去找他。

我急著將夢境內容告訴安娜和母親，但是不行，這不應該——假使他不再愛我了呢？

十月十二日於小島

這是一場令人不解的夢。我夢見

我、安娜、我母親還有克羅德一同走在森林裡。我們兩兩成群走著，時而交換身邊同行的人。不該讓安娜和母親知道我愛克羅德，但是克羅德表現出來的樣子，像是要讓她們知道這件事。

如果克羅德知道我現在的情況，一定會像個聖杯武士一樣趕過來。那時，我會將臉貼住他的臉沉沉睡去。我可能對別的男人這樣做嗎？這個問題讓我發笑。答案太簡單了。

我的心裡感到十分平靜。我要感謝上蒼，讓我有這樣的母親還有幸福快樂的小島。半年就快要過去了。相信克羅德對於女人的想法與觀點會更成熟，而我會為他的純真而祈禱。

我希望能夠過著兩種生活。一種是和克羅德結婚，然後一起到遠方去；另一種則是和母親一起在島上。

戴爾先生的兒子寫信給亞歷斯。他在信中說，曾在巴黎見到克羅德母子，而他們一切安好。

有點鬥雞眼的小弗萊迪，因為「爸爸的牛在星期六晚上逃跑了，並且跳過四道柵欄」，而記不住該念的寓言故事。

我命令他：「星期六之前要學會

寓言故事。還有，每一次你父親的牛創下什麼新紀錄，千萬要告訴我。」他聞言笑了。

十月十三日於巴黎

如果我要結婚——應該是很久以後的事吧，我要和一個強壯、儉樸、善良，安靜得幾乎跟啞巴一樣的女人結婚。

十月二十七日於小島

戲劇性的發展。克羅德寄來一封信，信中內容言簡意賅，像是封電報。他寫著——

一、他最要好的友人過世了。對於那個人，我是因為背誦過他的詩，才對他有所認識。

二、他在紅色演奏廳遇見了安娜。

三、在他母親的同意之下，他會將日記寄給安娜看，再請安娜轉寄給我。

這封信彷彿又給了我一個夢想……

十月二十八日於小島

我收到克羅德的第二封來信。信中內容同上一封一樣簡短。他說，一年已經過去了，而他的日記將會告訴我所有的一切。

克羅德不再愛我了！上帝啊，讓我堅強地撐下去吧！他本來應該要花一年的時間等待，現在發現自己不再愛我了，於是他盡到了告知的義務。

我不斷對自己說著，我開始承認對他有愛意，但是他竟然不愛我了。

對他的友人之死，我向他致上同情之意。我傻傻地以為他會需要我，還想到他身邊去安慰他。

現在我能做的，只有祈禱了。

我要告訴母親，我們之間已經結束了，並且這樣也好。

為何不向上帝道謝？我求祂讓克羅德不再愛我，祂只是達成了我的願望。

這些信如此無情……我為自己感到害怕。我真是懦弱。妳滾吧！他不要妳了，妳還想著在他身邊一起生活？當妳想到婚姻就覺得畏懼，妳看，心想事成了吧！

克羅德，你要向我告別了嗎？一個微細的聲音從在巴黎的時候就開始響著，直到現在經過了這麼多事，我還聽得到這聲音說：「你們呢，你們終會相愛。」這不是真的嗎？

那麼，我在你對我充滿愛意時拒絕了你，對我而言是件好事嗎？我以為我說「我願意」，你就能得到幸福。

天啊，讓我的心情平復吧，讓我能夠了解他，毫不自私地愛他，照他的期望去做。

我的愛似乎毫不真實，唯一確信

的根據是——克羅德給予我聖潔的愛，是那樣地溫柔、神聖、迷人，因此即便他將之埋藏心裡，我仍時而得以窺見。然而一切都已經結束了。

對我而言，這是件好事。至於克羅德，對他而言，不再愛我是件非常美好的事。

但是他沒要求我繼續做他的好姊姊！

我對母親的態度又變得十分糟糕。

十月二十九日於巴黎

我和克蕾兒到紅色演奏廳去，看見了安娜。我草草寫了些字，託人帶給她。

我告訴克蕾兒：「我決定終生不娶。為了將來想做的事，我必須保持單身。我要寫信告訴米瑞兒這個決定，我和她之間的感情將會回復到以往的手足之情。而如同我們所願，往後關係僅僅只是姊弟。我要到德國去。」

克蕾兒起先不贊同我的想法，她說：「你答應要等一年的。」我回答她：「妳只花了六個月就得到妳想要的結果。」

最後她終於讓步了。她說：「說結束就要真的結束。別再讓我見到她們的來信，也別再向我提起她們。」

我準備好要立刻見到安娜。

我寫信給米瑞兒，告訴她：「我會將我的日記交給安娜看，然後請她再寄給妳。」

十月三十一日

米瑞兒回信說：「別麻煩安娜。」

我告訴她：「安娜已經拿到了我

的日記。」

「我不結婚，不要有小孩，我要去讀書。這樣說應該會讓妳鬆了一口氣吧。」

「如果妳和安娜希望過著平靜的生活，那麼就應該向我道別。」

「假使妳希望我們三人能夠在一起，那麼，我已做好準備。」

克羅德的日記結束

米瑞兒給自己的日記後續

十一月一日於小島

歌德寫著：「你的愛如同海深，如夜晚寧靜。」

假使克羅德問我：願意還是不願意？我會回答願意嗎？我遲疑了。我為此感到自責。我沒有什麼好思考的。他都已經做好決定了。

我嘴上說著：「感謝上帝！為了我，也為了克羅德！」心裡卻不是這樣想。

安娜什麼都還不知情。她寫信告訴我：「克羅德實在太了不起了，既堅強又成熟。」

十一月二日於小島

今天早晨，我在村裡教課，課程內容是克羅德友人的生平。我翻譯了他寫的十四行詩，並且朗誦給學生聽，這些男孩全都為這些詩感到著迷。如果我離開了這些孩子，我一定會感到後悔。就算是小村莊，也有太多事情要做了。

十一月四日於小島

沒收到克羅德寄來的隻字片語，安娜倒是寄來了一封貨真價實的信。她看了克羅德的日記，並且要將日記寄來給我。克羅德不再想要結婚。

上帝啊，請給我勇氣！

是否有一天會輪到安娜迷戀上克羅德？她現在已經是個女人了。

我不應該讓她知道我已經愛上克羅德了。

現在的我，已經可以自由地遵循屬於我的孤寂道路。

感謝上帝賜予我這麼寧靜的家園，還有一位需要我的母親。

克羅德應該會因為推翻自己的決定而感到十分痛苦吧。

是不是男人都這樣，他們努力做到讓女人幾乎非他們莫屬，然後卻對她們說

「不，謝謝」？

當他姊姊？我不要。然而一輩子都沒有他，我更不想要。

米瑞兒給克羅德而未寄出的信

十二月六日於小島

你的答案是不，我的答案是願意。

如同玩著大風吹的遊戲，我們彼此交換了立場。

你真的不再希望我愛你嗎？

如果你來，你會看見我是這麼地愛你。安娜和母親也會看見，然後她們會試著影響你。

如果我見到你，那麼我的愛會喚醒你的愛。

你不應該來。

十二月十一日於小島

我收到了克羅德的日記。才剛讀完。現在已經是凌晨三點了。

克羅德沒有傷害任何人。他需要溫情。他仍然還是我的好弟弟。

不會有孩子在我胸膛磨蹭。不會有丈夫。上帝為我保留了另一項任務。

起初我這麼想著：「再與克羅德會面？不可能。」

但是既然他在我心裡，見不見他又有何差別？

我為他感到憂心。我相信他。

我在給他的信中這麼寫著：「我是你的姊姊。」

十二月十四日於小島

克羅德曾經愛得激昂，而我推開了他。

他提過我們兩人一起旅行，到世界各地去朝謁；還談起我們的寶寶及家具。

當時我還沒準備好。

我需要一個和我一樣慢半拍的男人。但是我能夠愛他嗎？

現今我已經準備好了。

他等我等得太久了，於是閉絕了心裡的欲望。

他說：「妳應該因為我的愛已死而感到高興。妳看，它不會再動搖了。」

然而我的「願意」還哽在喉嚨底。

我在路上走著，身旁行人經過。我將淚水吞進肚裡，告訴自己：「是的，這很好……」

安娜沒寫信來……不過這是理所當然的，傻瓜！是妳自己讓她相信事情發展如妳所願。她相信了妳，所以也沒什麼好安慰妳的……

只剩我孤獨一人還有這荒謬的愛，而這愛情的根在我身後遠遠地向四周伸展。

這種痛苦能砥礪我。

我的眼淚要等到天黑才流，然而天黑時，卻哭不出來，只是渾身顫抖。

生命真是沉重。我為小孩子開辦的社團運作順利，然而我的心卻不復如此。

克羅德能單獨工作，不需要愛人嗎？

那個將自己時間不盡其數地給了我的人！

米瑞兒給自己的日記結束

譯註21 —— Matineau Harriet，1802-1876，英國女小說家暨經濟學家。

12 米瑞兒一九〇三年的日記 Journal De Mueiel 1903

自一九〇二年十一月二十一日至一九〇三年五月底於小島

我寫了這份新的日記，是希望在死後能派上用場。假使克羅德對於日記內容有所刪減，也應該保留其真實性。我自知將來會有另一雙眼看我的日記，因此不會隨意添枝加葉，天馬行空。

安娜，我請求妳在不翻閱的情況下，將這份日記交給克羅德，還有自從我和他相遇之後所寫的信件以及手札，也請一併交給他。他可以隨意處置所有交給他的東西，如同在我生前，希望自己能為他服務奉獻一般。

克羅德會希望知曉，在他拒絕我之後，我的實際生活是如何。

我的自尊不允許我坦白自己的愛情，然而我總尋找機會表現自己的勇氣。現在就有個現成的例子！

再去閱讀我前半年的日記，然後為了內容而哭嗎？不要。

克羅德基於一些很好的理由，讓我回到了我自己。我會收下他給我的這份禮物，再轉送給同樣需要的人。至於他說的友情，再說吧。當務之急，就是讓我自己不要再對他有所依戀。

我從欠母親的時間中，偷了半小時寫下這些話。啊！我真想獨處。

十一月二十二日

我收到了克羅德的來信。信中內容大要如下——

一、「妳的仁慈仍只是浮面。」

二、「我已經有了幾個女的朋友。」

我顫抖，我祈禱。

十五天前，我接到了他的日記。

我的喉頭再一次發緊，女的朋友這幾個字在我耳中迴響著。

我不懂他的良心和道德觀。

今晚，我跪在白色大門邊，撫摸他雙手曾經握過的門把。孤伶伶一個人都還比現在的情況好。我將心事瞞著母親，和她在一起讓我覺得悲傷。

停止愛克羅德？我做不到，然而我會將他擠到心底的最深處。

「妳的仁慈仍只是浮面……」

難道每日為著他人而受苦難，不比建構著理論化的改革來得艱難嗎——還是應該兩者皆備？克羅德，我想見你。不為了什麼，只想見你。假使見到你之後，我要求得更多，那也是我自己的事，不用管我。我的理智只接受了你的決定，至於你的女性朋……我想要和以前一樣追隨你的思慮，就算讓我受傷也無所謂。

你對我說：「我愛妳。」

我對你說：「等等。」

我準備要說：「我是你的了。」

你說：「妳走吧！」

十一月二十四日

對你隱瞞我的愛，是一種欺騙嗎？

如果你知道我為「友情」付出多少代價，那麼你就不會接受我的友情了。

如果你知道，那麼我在你身邊便無法保持心靈平靜。

安娜快到了。我想在她的肩膀哭泣。但是這不應該。

十一月三十日

我用嶄新的視野，重新讀了你的信。你曾經那麼愛我！我對你不再有所隱瞞保留。我們馬上結婚吧！除此之外，什麼都是虛假的！

我要奔向你、抱住你、撼動你、說服你。我的愛支持著你，你竟置之不理！

小孩？我和我母親在這裡將他們帶大，或是在巴黎也可以，全由你決定。

我需要你。我的思想激動而混亂不已。你在哪裡？和那些女人在一起嗎？你信中流露出來的殘酷，對我而言，正是證明了你的愛情。你用斧頭砍著我們倆：所以，你的愛還在。

十二月七日

又收到了克羅德的來信。他在信中寫著：「如果我們一同平心靜氣地觀察這個否定的答覆，那麼就不會有心碎的痛苦了。」

假使我們都保持自由之身，也保持聯繫，的確就不會有心碎的痛了。

又假使別人將我們分開，那麼就又有這種苦痛了。

我等待一年（我可以做到嗎），然後克羅德會來找我？

假如我比他少兩歲，而不是大他兩歲，那麼，我更能好好地等著他。

我的健康情況嚇到他了嗎？

三月時他寫信告訴我：「如果有一天妳愛我，那麼為了放棄妳所需要的努力，將會使我失去面對其他事物的勇氣。」

他那個重要的工作！

他怎麼有時間去見其他女人呢？他想要從她們那裡找到什麼嗎？他的好奇心實在過於旺盛。

我可以扮演他的妻子、姊姊或是朋友，無論他有任何需要。

十二月七日星期日

又是他的來信。寫著：「妳在我心中是聖潔高雅的！」我也要這麼對你說。還有，「就算是一點點也好，如果沒有被愛過，就無法完全地愛一個人。」

那麼，你有一點點愛我！

儘管你不再愛我，但是只要一想起你，我的嘴角總會露出一抹微笑。如果上帝同意的話，我會永遠愛你。

到了聖誕節，我會將你封在我的心裡。一切船過水無痕。

父母親應該在孩子二十歲時，將他們趕出門，而非要求他們陪在自己身邊。

十二月十六日

聖誕節時，我會提著一個大花籃，在倫敦街道上賣花。之後，我會到一家工廠去當掃地工。這樣做是為了了解這些工作的內容。

十二月十七日

我又接到了克羅德的來信！這是自從他離開以來，第一封真正算是信件的信。內容一點也不殘酷。我讀了一次又一次，深怕他以後再也不會用這樣的口吻寫信給我。我為自己內心穿上的喪服，暫時可以脫掉了。他在信中稱呼我：「我的姊姊」……

這是多麼地令人傷心啊！

十二月十八日

我夢見了克羅德。夢中的我隱藏自己的愛意，以他的姊姊自居。我們拿著顯微鏡觀察植物。我們看著一株縱向割下的草，還有草的種籽。克羅德在我身旁如此靠近，以致我無法將心思放在這株草上。他的手用力壓住我的頸子，好讓我近觀這株草。我感到十分激動，幾乎要窒息了。我抓住他的手腕，雙腳跳起，此時我便醒過來了。

這是第二個以一陣心思混亂作終，並且與植物有關的夢境。

我回頭去翻閱聖經，從中找尋建議。

我等待著。我不相信他的答案是否定的。

十二月二十一日星期日

安娜來了。當她聽到我談起克羅德時，會作何感想呢？希望上天保佑，讓她不會起疑！

總有可憐的女孩子，不自量力偷偷愛著條件比自身優越的男人，但是她們都能獲得包容。也許我的命運就是如此。這種愛情既純真又恆久，對被愛上的男人而言，就是一種力量與財富，就算不接受女孩的愛情，他還是能夠保有它們。我的愛情有所要求，一點都不純真，也不恆久。

我的自尊心不能接受失去克羅德這件事，事實卻已然如此。

我和安娜談。由於克羅德去德國旅行，安娜並未能與他時常會面。春季時她會再見到克羅德。她和顏悅色地提醒我，有時我給別人的建議給得太快了。她舉了兩個小小的例子，卻絕口不提最重要的例子，那就是我起初反對克羅德讓安娜看他的日記，而且還反對克羅德將日記先拿給她看。

我啞口無言。

如果有一天你們兩人相愛，那麼最好是什麼都不要讓你們知道。這就是為什麼我沒有急切地拉住安娜，將所有事情一股腦兒地全告訴她。

一九〇二年除夕

一年前，愛情這個字眼從未自口中說出。那時多麼快活啊！

克羅德寫信給我，他在信中建議我改變生活方式。我仔細回了一封信給他，要他別管我，然後我將寫好的信又撕掉了。他竟然會建議別人！

一九〇三年元旦

有場家庭聚會，出席的男性共有六位。我只等著克羅德一人。

今天早晨，我單獨和亞歷斯在白霜和陽光之中，沿著沼澤地打獵。對我而言，克羅德也在身邊。

我的愛從來就不像克羅德的愛那樣熱烈，然而愛火一旦點燃，便能堅持不滅。我的愛如同一座壁爐，不知不覺中維持著火勢不滅。他的愛讓一切融化；我的愛細水長流。

一月五日

去年的一月四日克羅德首次來到了島上，那一天是星期六。儘管我去過了巴黎，但那時的我仍然像個孩子似的。他不需要對我有肢體接觸，就讓我變成了一個女人。

那時是安娜替他開的門，還帶他進客廳。他在預定的時間準時到達，而我連瞧也沒瞧他一眼，兀自鏟著我的花。我還想要一直鏟。不行嗎？他和我，我們都認為只要想繼續鏟花，那就鏟吧！他等會兒會過來和我握手，就像我們昨天才剛見過。他知道我為何慢吞吞地不寫信給他。因為他應著他母親的要求，也和我做著幾乎同樣的事。

我勉強保持平靜，繼續自己的工作。我現在正戴著紅色羊毛無邊軟帽，穿著男性皮鞋，在房子附近鏟著花圃。我還剩下客廳大窗前的那一排花要整理。克羅德應該和安娜還有母親在客廳裡吧。我停止唱歌，放下手上隨著歌聲節拍操弄著的鏟子。他會叫我，或是拍打窗子嗎？我的心怦怦跳著。黃昏時刻來臨，客廳點起了燈火。我的鏟子敲著房屋的磚塊，發出聲響。彷彿碰觸了克羅德本人，我感到一陣愉悅。我離開屋子去將工具放好，也洗了手。

我進入客廳。克羅德起身，我直直望著他的雙眼，感到訝異。我們握了手，我對他講了幾句無關痛癢的話語時，感覺自己臉紅了。我的臉紅具有決定性影響，因為我母親和安娜都注意到了，糟糕的是，不久後她們便詮釋起我臉紅所代表的意義。

當然那時的我並不愛他。我甚至還因為我們通信中斷而頗有怨言。為此我無法立刻投向他的懷抱。

夜晚時，我躺在沙發上。我讓克羅德和安娜兩人高聲朗讀教育箴言集。我以一種宏亮粗暴的語調告訴克羅德：「我希望你能在鄉村養育你的小孩。這會有很大的差別！」

克羅德轉過身子，像是脖子被掐住了，以一種哽住的音調回答我：「是的。」我心裡揣度原因為何，後來才知道，原來那時他已希望我是他未來孩子的母親。

一月十四日

當他知道他母親介入我們之間的詳細狀況，臉色看起來便心事重重。他要離開之時，低聲問我：「那麼，我可以寫信給妳嗎？」「當然。」「可以寫我想寫的內容嗎？」「可以。」「我還可以再來嗎？」「當然。」然後他臉上的深鎖愁眉便慢慢地展開。

以下是我們分開前夕，我寫的札記——

戴爾一家人提議的事，在一個星期之後，拍板定案了。我們將要分開一年，而一年之後，如果我們想要結婚，就沒有人有權力阻止我們。

我帶著表妹茱麗坐上由小馬拉著的輕便雙輪馬車。她問我：「安娜和克羅德先生是否即將訂下婚約？」

我非常吃驚：「這是不可能的。我們都是好朋友，他明天會來這裡度假。」

克羅德到達了。我邀他一起剝豆子，他喜歡這個工作。

克羅德告訴我：「假若我們沒有機會好好地說聲再見，那麼就回想在某一個夜晚，我們曾經坐在籬笆上彼此道別。」

「好的。」我回答。

時光流逝，離別時刻來臨。

他應該坐上一點的火車。他要我和安娜唱歌給他聽，雖然我心裡排斥，但還是坐在鋼琴前彈奏了幾個和弦，冷冷地問他：「這首嗎？」

「是的。」他回答了我。

我擔心情緒爆發，無法完成這首曲子。幸好。「謝謝。」克羅德低聲地道謝。

我扯著喉嚨放聲唱了第二次。

母親進來了，她在克羅德身旁坐下。克羅德將身子往後挪以便聽得更清楚。

輪到安娜唱歌，她的聲音柔弱而尖細。克羅德走過來站在我們身後。

該是用午餐的時間了。我、母親和安娜三人，看著克羅德獨自在蘋果花下用餐。這頓午餐全是自家農場的產品。他起先靦腆地小口吃著，後來便胃口大開。

「妳們對我太好了，這麼多食物怎麼吃得完？」話雖如此，他還是吃光了。

安娜看著手錶，該是出發的時候了。我給了克羅德一朵黃毛花莨，安娜則是一葉薄荷。克羅德騎上自行車，我高興地對他說：「我去開門。」話語才落，他已經上路。

我問：「我們去打網球好嗎？」

安娜和母親彼此相望，不置可否。

我思忖：「假使一年後才寫信給他，那麼會為我們帶來很糟的影響，還是什麼事也沒有？」

母親對我說：「妳愛他。」

我討厭別人這樣告訴我。如果真有其事，我寧願自己去發現。實在不該將這種事說出口。

一九〇三年一月十九日

颱風、下雪、母親的偏頭痛。我呢，則是患了重感冒，不得已停下一切計畫，臥床休息。我患著克羅德的熱病。我幻想起不可能發生的不期而遇，像是在路上賣花時，或是在工廠掃地時遇見他。

我打開我的祕密盒子，端詳著克羅德的小照片。然而我早已將他的容貌看仔細，這張照片其實沒什麼用處。

我對什麼事都提不起興趣。我需要一份艱難、嚴峻、可以養活自己的工作。安娜同意我的想法。

我以為我在這世上的任務就是和母親一起生活，協助她整理莊園和處理家務。克羅德告訴我不是這樣的。他說得對！這裡沒有人真正需要我，而我在這裡只是受著折磨。連安娜都不能為我做什麼，畢竟我對她隱瞞了最重要的事。安娜一如往常，總是輕咬我的臉頰，而不是認真親上我的臉。她的眼底閃耀著蘊含的情誼，我希望她能將感情散發出來，讓我能全身沐浴在她的感情之中。

神啊，我幾乎忘了您。請您指引我吧！

一九〇三年一月二十五日於倫敦

我滿懷熱情地在倫敦工作，以求感受不到內心的愛情。我迫不及待想要去見你，將你捧在手上，並且告訴你：「什麼都別說。」

去年今日，我到倫敦和你共度這值得紀念的一天：因為在車站找不到你。這一天格外美好。

你要我讀易卜生的《愛情喜劇》，我讀了。內容苦澀不真實。

二月二十八日於倫敦

我的工作順利進行。為求內心的平靜，我刻意忽略這份日記。我心中仍抱有希望。我可以六年都這樣過日子。每晚，如果看得到我們的星星，我總會向它致意。

三月七日於倫敦

我讀著福音書。可是今天早晨實在太過愛你，因為愛而心中充滿溫柔，不像昨晚那樣，因為愛你而哭泣。從煤氣噴嘴迸出的火焰中，我認出了你的容貌。我愛這個容貌勝於尊敬它。到現在為止，我已經有三百天沒見到你的臉了。我們最後相處的幾天較往常而言有些變調。你不這麼認為嗎？

我已經二十五歲，而你也二十三歲了。你希望四十歲時討個妻子，那時我已經四十二歲了，而你到時候則會娶個二十五歲的妻子。

如果我遇到一個值得讓我尊敬和信任的男人，而且他也有意娶我，那麼我會將我們之間的愛情全都告訴他。如果他還想娶我，我會嫁給他，然而我仍然不會停止愛你。

最近我發現了一張男人的臉。這張臉充滿知性、堅忍、平靜和俊美。

如果克羅德知道我愛他，那麼會帶來什麼改變呢？又假使他在給我否定的答覆之前，先收到了我的「我愛你」，那會如何呢？

三月二十二日於倫敦

現在是紀念日，紀念我們在海灘、森林以及修道院的歲月。

當我在唱詩班唱譜歌，儘管沒有克羅德，我仍感到愉快。我在倫敦應盡的責任讓我無法空虛度日。

四月二十八日於小島

篷車、小馬、母親還有我，都一起摔到了溝渠裡。克羅德知道這件事嗎？

五月二十八日時，我將結束這份日記。那一天正是我們分開的紀念日。

五月二十八日於小島

我以為可以結束這份日記，結果卻完全不是如此！我又錯了。

克羅德再也不會來了，我再也見不到他了，他再也不可能愛我了。我開始變得病懨懨的，並且讓所有人都看我不順眼。

如果我能夠遠離母親，讓自己永遠因為持續不斷的工作而忙碌混亂，那該多好……這裡有著太多回憶，讓我無法負荷。

我做了個夢，夢見一群孩子進來，然後用灌溉花圃的噴水器，在克羅德身上灑水。我將克羅德帶到角落，他問我關於噴水器的問題。我看不清他的眼。突然，我對著他說：「啊，只有一個！貨真價實的那一個！」

然後我像是要給他力量一般，雙臂圍著他的頭，在他的唇印上一記深長的吻。他驚訝不已，無法做出任何反應。這是一記神奇的吻，是神的傑作。

克羅德看著我。他要說出一些決定性的事……我終會了解……我十分激動，於是從夢中驚醒。他要說什麼呢？

我從鏡子中發現我的臉不再屬於自己，而是屬於另一個眷戀依附著克羅德的米瑞兒。

我的事只有瑪莎知情。

克羅德，你成了我和安娜之間的障礙。和以往相反。這是因為什麼？

你不該贊成我留在島上生活嗎？這樣能讓安娜自由，那麼你會感到安慰。今年她只留在島上八個星期。

我在倫敦東區白教堂那兒租了一個房間，好讓自己回到倫敦時有棲身之處。我又開始眼力不支……我該停筆了。

克羅德，你的名字如此溫柔。為了他人的幸福，神會指引你——希望神能讓你免於分散注意力。

我從遠處看著你，你高大的身形微微傾斜著……

13米瑞兒的告解 Confession De Muriel

一九〇三年六月二十日於小島

我的生命中出現一顆炸彈，炸彈引爆，擾亂了一切。我將事情始末都寫下來給安娜及克羅德。世界上只有他們兩人可以看這份手札。

寫於一九〇三年六月十八日至二十四日——無可彌補

今天早晨當我讀著發給教練員的小冊子，在毫無心理準備的情況之下，發覺自己從孩提時代便養成了「壞習慣」，而且耗損了身體以及大腦。

我摘錄小冊子上的部分內容：「這個習慣造成了遲鈍、長期精神不振、雙眼浮腫，使一個充滿活力、活潑的女孩子變得陰鬱，造成她的身體、心理還有精神狀況有著失衡的危險。」

身體的反撲是不可逆的嗎？二十五歲才開始注意，會不會太遲了？我可以找回自己本來應該有的樣子嗎？精神上是有可能的。然而身體上呢？沒有人可以逃過天道自然。至今我才知道自己對自己造成了損害。

一旦有了這種習慣，便成了受害者，終生難以擺脫。我從八歲開始養成這種習慣，到現在已經十七年了。我已經不再屬於那一群純潔無瑕的女子。

感謝神不允准我成為他人之妻。

所以——

一、我不結婚。

二、我有將此告知安娜及克羅德的義務。我不會因為感到羞恥而閉口不提。因為我就是我，而非他們想像中的我。我們要有共同的經驗。這就有了！

我要說出所有記得的事情。我是否應該先治癒自己再告訴你們？有種力量命令我馬上說出來。這是一個實際的命令。你們像信任一個無瑕的女孩般信任我。我必須讓你們知道她並非如你們所想。

我當時只有八歲。有一位大我一歲，名叫克萊麗絲的女孩和我同班。她是班上的第一名，而我則排名第二。她將漂亮的辮子盤在頭上，眉毛高高揚起，看起來就像是個天使。大家總要我在各方面都向她學習。她們一家人曾經來我家度假一週。當時家裡沒有足夠的床，我和安娜睡的床很大且有天篷，而安娜正好上伯父家，於是克萊麗絲便和我同睡。

當我們單獨在房間的時候，她脫下了長睡衣，折好放在鴨絨被上，然後脫下我的，同樣摺好，與她的睡衣疊放在一起。她將被單平鋪在我們身上，將我摟在她的臂彎裡。我非常愛慕她。兩個小女孩，一個堅決主動，一個溫馴，共同度過了一個充滿愛撫的夜晚。她有如粉紅色的糖蜜娃娃。她告訴我撫摸自己身體是件愉快的事情，特別是身體的某個部位。每個夜晚我們都做著這種事。等到曙光初現，我們才將睡衣穿上。她一再告訴我，這是我們兩人之間的祕密，不可以說出來。那時我還不覺得這是不好的行為，她在我心中的魅力還更為增加，而且我也感激她。當她離開之後，有時夜晚時分我一個人會繼續做著她教我的事，同時為著她不在身旁而感到惋惜。

在我十一歲之前，對此並沒有特殊記憶，這件事也變成了時有時無的習慣。不知為何，我開始抗拒它。我不知道身體的這個部位有何用處，也不清楚小寶寶是如何從母親體內孕育而生。我的眼睛、耳朵還有鼻子都是珍貴細緻的器官，不允許其他小孩子碰觸。我只知道這個部位非常私密，不能讓其他人見到，此外，也不應該和別人談論，連母親也不行。母親唯一一次打我屁股就是這個原因。目的在於讓我更有羞恥心。除了這件事以外，母親在各方面都以寬大包容的方式養育我。她這樣打我，迫使我什麼都不對她說。

這個習慣有時能夠拋開，但是一陣子之後又開始了。我屈服了，無能為力。有時我會帶著怒氣，連續做好幾次。我猜想應該要抗拒這個習慣。

我和一位我很喜歡的表姊約定好，當我寫信給她的時候，會在信中做一個特別的記號，只要我被自己討厭的缺點牽著走，便會在信上註明數字代表次數。當然，我並沒指明是何種缺點。她有可能以為我寫上的數字等於發脾氣的次數。

我的父親已過世。我敬愛神以及耶穌如同敬愛自己的父親。我深信，當我犯錯時，是將身體靠在祂的荊棘頭冠，遠離了接近我的天使。

在我存放寶物的老舊長絨毛袋子中，找到了一幅畫工精美的耶穌誕生圖，圖畫四周以尖細的鉛筆點上許多細點，每個點都代表一次失敗。我將這幅圖畫釘在床頭。每當我抗拒了壞習慣的誘惑，便覺得特別高興。

十三歲時，我有個「旭日光芒」的稱號。當我看著那時微笑著的照片，就能了解為何別人這樣稱呼我。在這之後，我開始因為臭著一張臉而時常挨罵。

十六歲時，我到一所自己很喜歡的學校當寄宿生，為著學業以及他人賦予的責任而忙碌。那個毒物在我身體中沉睡著，僅只偶爾甦醒。

我還記得，在我快滿十七歲之時，某個悶熱的星期日，身旁是雞冠花、蝴蝶還有雲雀。在大太陽下，我躺在麥子已經成熟的麥田上，仰望著藍天。突然，有一種不知名的力量用力推擠著我，於是我屈服在這個力量（註：見克羅德於一九〇二年八月二十五日所寫之日記）之下。我重蹈覆轍了。我因為悔恨而嚎啕大哭，將床推向看得到星星的方位，寄望星星能幫助我。我發著誓，並且戴上手環警惕自己不可侵犯誓約。我將聖經放在手邊。有幾個月我獲得了勝利，然而偶有失敗。有時，我將之視為一種實用的方法，因為能讓自己很快入眠，並且弄暖冰冷的腳。

然而，我恨自己屈服於它之下。

當我決定當晚不做無謂的抵抗時，便會感覺自己的嘴上浮出病態的微笑。不過我最常遇上的情況還是奮力抗爭。那個東西蠻橫地召喚我，我扭著手，將臉埋入枕頭，向神祈求著。假如我不能入眠或是熱衷於其他事情時，那頭可怕的野獸便會來襲，直到我決定很快地、完全地迎接牠，以求擺脫牠，忘記牠的存在。在那之後，我禁止自己祈禱。

十八歲那年，按手禮以及領聖體給了我近乎完全的勝利。在難得的失敗之後，發現隨之而來的身心鬆懈會妨礙我的學習，於是那頭野獸因而無法近身，就算我不舒服躺在床上也一樣。

這頭野獸在巴黎的時候稍微抬起了頭，也許因為我喝了點紅酒的關係。近幾年我已經很少犯下錯誤，在我半睡半醒時，這頭野獸便會離開。

克羅德與這件事無關。相反的，自一九〇二年一月到六月的這段期間，我們頗為親近，然而我一次也沒做。克羅德在不經意之間，教導了我和安娜一些母親應該告訴我們的事情。有一天他提及女孩子之間有著特殊的關係，克萊麗絲的身影便浮現在我腦海。可是克羅德並沒對此話題多加著墨，以致我不能完全了解。

無所事事的一天，沒有祈禱的夜晚，肌肉或是精神過度疲勞，以上種種都容易造成犯罪。

有一本美國作家寫的書很棒，書名為《女孩不可不知的事》。假如當時知道身體那一部分，是為了將來娩出小孩而存在，我就不會照克萊麗絲的意思做了。

我長久以來一直認為，女性生殖器是體內器官，任何體外器官都與之無關。

假如母親沒讓克萊麗絲與我同床，那麼這些年來我就不會知道這件事了。

我纏身多年的眼疾、偏頭痛、情緒低落、臨陣脫逃的行為等種種問題，是否都因此而起？

我收到一封從美國寄來的信。對我很有幫助，而且讓我心裡好過多了。我將信中內容抄寫下來——

美國基督教婦女聯盟　貞潔部門　　　　　一九〇三年九月八日

親愛的朋友：

妳的求助信使我深感同情。我了解妳現在的情況，對於妳，我不覺任何厭惡反感之情緒，反之，我對妳的誠實坦白感到敬佩。

妳必須修正對自己的評價。

假設一個孩童無視於危險的存在，在樓梯上大膽活動，以致摔下，頭部著地，此時妳會對他感到厭惡，而且為他所發生的意外而責備他嗎？

不會的。妳會替他包紮傷口，然後告訴他未來應該要更小心，不要將這場意外掛在心上。

妳已經開始認真地抵抗了。

妳毋需為此受到指責。除非妳對此狀況知情卻仍停止抗爭。如果妳在睡夢中開始把持不住，那麼告訴自己：「這不是我做的。」我對這種行為無法贊同，因此儘管是睡著的，我也要醒來，起床沖冷水澡。」別浪費時間責備自己。讓自己過著積極、面對人群的生活吧！

這種對身體某器官有害的行為，是由他人在妳無法抗拒的情況之下所教授。這種行為將會停止。

願我的關懷伴隨妳。

主任　某某女士

又：隨信附上一些關於水療法、呼吸以及飲食方面的建議。

Troisième Partie
Anne Et Claude

第三部
安娜與克羅德

14安娜與克羅德重新發現對方 Anne Et Claude Se Découvrent

克羅德的日記

一九〇四年一月於巴黎

我去了東歐，見了一些哲學家、詩人、畫家、作家，也從事翻譯。沒有我的姊妹在身邊，日子還是可以過下去馬爾薩，然而我沒將她們遺忘，她們在我的心目中，是無可取代的。我們時有時無地交換信件。

我和安娜都在一九〇四年初回到了巴黎。她有了一間畫室。米瑞兒則是仍然為眼疾所苦。她往返於倫敦及鄉村之間工作，工作量比預期的少。她變得孝順，而且從來不曾向安娜提起我。她和安娜之間的距離拉遠了，為此安娜頗為遺憾。

有時我會臨時去見安娜一個小時，每次她都能善盡主人之誼。我們開始習慣晚上出遊。

儘管不說出口，安娜現在已經確定，以往她認為我和米瑞兒之間會發生的情事，是永遠不會發生的。事實是，只差那麼一點點。

她已經不再只是那個崇拜姊姊的妹妹了。現在的安娜，如同我第一次看到她拿下夾鼻眼鏡時的樣子。她依著自己的方式而活，我很欣賞她這一點。而我自己只要有什麼新的發展，一定會告訴她。我們重新發現了對方。

一九〇四年二月二十日

月復一月，我騎上大單車離開小島，至今即將屆滿兩年。今天我覺得安娜特別美麗，嗓音嘹亮。

我們一起待在她的畫室。在大桌子前，她給我看了幾張自己最近畫的草圖。才剛跑完，她覺得熱。心臟激烈鼓動著，襯衫清楚勾勒出她的胸形輪廓。沒有米瑞兒的存在，橫亙在我們之間的藩籬已經消失了。我還記得那天夜晚渡河時安娜的聲音、她那靈巧敲擊著鏡子迷宮的腳，以及因槍擊後座力而下壓的肩頭。過去我難道沒有將她視為幽魂，忽略了她的存在嗎？

想要捧住她的胸，瘋狂的念頭再一次出現了。為何不今天就試著行動呢？我會慢慢地、溫柔地將她的乳房捧在掌心，如同用手輕輕掂著樹上的果子。

她會叫喊，然後賞我一記巴掌嗎？

安娜將右手靠近我，想撥開我的手……不是的！她的右手輕輕按著我的手，覆在她的胸上。

我們驚訝地對望。四周所有一切都失去了顏色，然後隱沒消失。安娜僱的清潔女工來敲門，每隔一段時間敲一次門，一次比一次用力，最後停下動作離開了。是否因為她從鑰匙孔看見我們的樣子？她是克兒傭人的姊妹。不管了。安娜放下我們握在一起的手，解開襯衫的兩顆鈕釦，協助我將右手滑入襯衫裡，停在裸露的乳房上。我真不敢相信。我想要將臉靠近。

「別這麼快。」她對我說，「先這樣就夠了。我早就有意這麼做，而你猜中了……（這是她第一次用親近的口氣對我說話）聽著，你願意這個夏天和我一起去湖邊十天嗎？（我點頭表示同意）我後天離開巴黎。」

然後她吻著我的唇。

她往倫敦去，而我則是前往羅馬。

安娜給在羅馬的克羅德

二月二十八日於倫敦

當我們見面的第一天，你就打動了我的心。因為你對我談瓦茲的〈希望〉，而且你喜歡那幅畫的理由和我一樣。在我的眼中，你比我還彷若新生。以往在我的生命當中，一直有著一位樣樣超越我的女孩，她散發炫目的光彩，因為她什麼都拿第一，無論何種遊戲或是運動都勝過我。她的能力讓我讚嘆不已。她寧可拉我的小提琴，而不願彈她的鋼琴，然而她的小提琴樂聲卻能令我完全失色。她也能賦詩，此外，村裡演出的戲劇中，整個舞台唯有她真正稱得上是演員。她，就是米瑞兒。

你們兩人對我說話的時候，解除了我心中的遲疑。我安排你們相識，因為我覺得頗為有趣，就像人們會讓兩位享有聲名的講道者互相較量一樣。在你們之間我保持低調，不讓自己妨礙你們來往。這樣做並非出於良善美意，而是因為顯而易見的事實。我曾經感受到強烈卻短暫的妒意，我也知道自己並不屬於你們那個世界。剛開始我看好你們一定會結婚。但你們相愛的過程中枝節橫生。當你於開著花兒的蘋果樹下享用最後一頓午餐時，我感到十分滿足。在那之後，幾乎和米瑞兒訂下終身的你，遠離了我們。

她的猶豫讓我訝異。讀了你的日記我於是明白，她不再是勝利者了。我抄下了幾頁內容，心裡靈光一現：你們兩人都是那樣地要求絕對，因此無法結合。

你和我，我們又再見面了。如同以往，你讓我對自己的工作，有了不可思議的信心。我不敢相信你看我的眼神已經有了改變。而由於你將手放在我的胸上，我的眼神應該也改變了吧。這是我們兩人感情的開端。

你和米瑞兒曾經是我的世界之兩極。我一直都試著接近你。我還是一直很喜歡米瑞兒。不過精神上，我已經不再依附她，而是伴隨著你。

一九〇四年三月十五日於森林

見不到你讓我感覺沮喪。告訴我，像我這樣的戀愛新手應該要怎麼做？

你也感到難過嗎？可能不會吧。你應該像平常一樣忙碌。我是否應該寫信給你呢？我該要怎麼做呢？

一場驟雨……雨點撲打著我的肌膚……我的肌膚不再只屬於自己，而是與那雙唇共有……雨啊，請洗去我的憂慮！那邊有隻小兔子逃走了。我想像那隻兔子一樣自由地……屬於你，克羅德，全心全意毫無保留地屬於你。

三月二十日於倫敦雀兒喜

母親來信要我回去幫忙照顧米瑞兒，我語氣和緩地回絕了。因為如此一來我只能斷斷續續地工作，於是我違逆她的心意。況且母親總是得寸進尺。米瑞兒並不知道母親打的主意，否則她一定會阻止的。我寫信給她，可是由於眼疾之故，必須由母親將信念給她聽。

我需要和你一同照著我們的想法生活。

下午四點的時候，我感覺到你的唇印上了我的唇。也許你正在想我。你還記得嗎？

三月三十日於雀兒喜

母親來了一封信，信中告訴我：如果我不在家，米瑞兒就不能按時接受治療，眼疾便無法痊癒。最後我還是回到了那座牢籠。如果家裡只有米瑞兒一人就好了，然而除了家中氣氛之外，還有看不見的教條牽絆著我，讓我不得不變得虛偽。

米瑞兒，我埋怨著她，也珍愛著她。

四月十三日於小島

我昨天回到了島上。我會接受你的建議，「立下界限」。

米瑞兒為了更能控制自己（見她的告解），一下子變成了百分之百的素食主義者。她的雙眼仍然脆弱，我們試著在她的餐點中添加肉類，她似乎能夠接受。

以下就是他們要我做的事：灌溉修剪房屋四周的花，因為母親很喜歡它們；調教一隻新養的可愛幼犬；替代米瑞兒開辦一場慈善市集，預定兩個月之後舉行。

我回應米瑞兒：「我回來是為了妳的眼睛，不是為了做這些事情。我可是個雕塑家。」

米瑞兒向我談起對父母應盡的義務。我回答她，對於這個問題，我的看法已經與她不同。

米瑞兒跟母親不知道我已經有了很大的改變。我們說好早上十一點以前，我可以做自己想做的事。然而這對我而言是不夠的，對她們也是！

我必須進行言語上的抗爭，還有無言的抗議。假使我放任自己跟隨她們的生活步調和方式，我的大腦就會空空如也。我預計在這場市集結束之後離開，而她們則希望我在這裡過完整個夏天！

一九〇四年四月十七日於小島

我要學義大利文。由於母親的緣故，我用打字機敲打我的住址。為了米瑞兒的雙眼，寫信給她吧！你寄來的信將由我念給她聽。她知道我們在巴黎見面，僅此而已。她編織、挽著我的手散步、聽我念書信，眼睛不再感到刺痛了。

你指責我的某些觀點。你這樣做讓我很高興。只要你認真尋找，仔細回想，還會有更多的發現。

你也一樣，我有時也會覺得你和我所期望的樣子不同。

四月二十五日於小島

收到了你的來信！如同你說的，原來在威爾斯的時候，當我們夜晚渡河及我低聲埋怨之時，你有過吻我的念頭！那你還記得另一天發生的事嗎？我們玩著捉迷藏，我撞上了樹枝，力道之大，讓我昏了過去。你抓著我的手腕，讓我不致從樹上摔下。從你說話的聲音聽得出來你很難過，而你的臉像是變了一個人似的。我將手從你手中掙脫。這件事回想起來是多麼快樂啊……

一九〇四年五月五日於小島

另外有一年在瑞士，旅館裡有位年輕人，外表經過仔細打理，全身有著一種極為勻稱的美感。我的兄弟時常與他談話，而我對他沒什麼興趣。

然而我曾夢見他摟著我的腰，自此，每當我看見他，便會感到侷促不安。我為他彈奏貝多芬的樂曲，用琴弓對他射出愛情的箭。有天他在天亮之前離開了旅館。我自床上起身，於月亮光芒中、東昇旭日下，在山裡走了許久，心裡只想著他。

我想，為此也為了其他類似的事，我將會有好幾段戀情。因為我的好奇心挺強的。

每當成功完成一種類型，我便有如置身天堂般的快樂；如果失敗了，彷如墜落於地底深淵，如此一來，我會不由自主地接受家庭那種危險的慰藉……

不！我要獨處，不過也要偶爾能和你在一起；我也要工作。

一九〇四年六月十一日於小島

眼科醫師禁止米瑞兒在四個月內以眼視物。兩年前，我和米瑞兒兩人曾經敞開心胸地進行談話。對她的告解你是怎麼想的呢？如果你想說，再告訴我。

我很難守住我倆之間的祕密。我希望能將我們之間的事告訴母親以及米瑞兒。

現在我與母親之間的關係頗為緊張，這種情況不利於我的工作。我要了父親遺留給我的錢，這筆錢不至於讓我變得富裕，但是足以讓我獨立。

我在體能活動上勇於冒險，精神層面上卻猶豫不決，畏畏縮縮。最近開車時還差點死於車禍。起先我懊惱著不能再做雕塑了，然後為了不能再見到你及米瑞兒而感到遺憾，最後也為我的家人感到一絲絲可惜。說到家人，亞歷斯明天就走了，我將有更多時間雕塑，而查理已經出航了。

當我從鏡中望著我的臉，便懊惱著不能讓你看到更美的自己。假使我因為試著往上攀爬而摔落也無所謂。我不再敵視戰爭了，也不再擔心會有遺憾。我從你寫給米瑞兒的日記中摘了一些片段，閱讀過程讓我有了改變。

我擔心在我準備好要離開你之前，你卻先離我而去。

操縱我，讓我心力交瘁，讓我有生命危險。我想要看到你愛琵拉的樣子，我便可以此為藍本，做出一座雕像。我要變成火焰。

你對我說：「我愛妳，因為我需要妳。」這是空口說白話！

好啊！需要我吧！

尚未找尋到自我的藝術家，與對自我過於了解之人相比，沒有什麼好抱怨的。

我曾因為慎重起見，遲遲不願到你身邊，如今我對此感到又羞又怒。我應該留在巴黎的。

你和我，在三個月之前，進展得不夠快。那時起我便強烈期待著自己說不上來的東西，以致幾乎陷入瘋狂。

我的男孩，你的來信對我而言，時如當頭淋下的冷水；時如熱咖啡，讓我內心忽上忽下。

我跟你說了太多關於自己的事。而你卻甚少對我談起你的事。

我喜歡你對我說：「除了妳之外，還有整個世界。」我也可以驕傲地對你說出同樣的話。

你很照顧我。但是並非無微不至的關懷，而是以一種讓我可以感受到你的愛，卻又不知原因何在的方式，居高臨下地照顧著我。

克羅德的日記

一九〇四年七月二日於瑞士琉森

電報上寫著：「星期二中午我到琉森與你相會。」於是我在羅馬搭上特快列車。我可以感覺到車軸朝著安娜奔馳。火車自炙熱的景色出發，抵達覆蓋著白雪的山峰。我比預定的日期還早兩天到達，以便做好準備迎接她。我選了一間木造陽台懸突於湖面的房間。

我在月台上等待安娜。乘客從長長的火車陸續走出，等到火車都走空了，竟然沒見到安娜！我感到擔心。終於看見她從後方車廂中走下，揹著一個大背包，提著沉重的行李。我向她跑去。安娜將臉頰湊上來。我們之間的情愫仍延續著。她變得嚴肅，也變瘦了。我們就坐在行李上等著搬運工前來。

她開口：「多虧米瑞兒，我才能站在這裡。今天是她的生日，她向母親開口要的生日禮物，就是讓我今天能來到瑞士。儘管她的眼睛尚未治癒，若不是她，到現在母親還會反對我出門。她不知道我到瑞士是為了與你相會。儘管她築起一道沉默的牆，拒絕接觸任何與你有關的事物，我還是非常希望能向她說出實情。如果家裡只有我和她兩人，我一定會告訴她，然而家中氣氛實在讓我無法說出口。

「你似乎在羅馬過得很好嘛！氣色好極了！啊，行李搬運工來了。」

安娜喜歡這間帶有古老色澤，有兩張床的房間。她指定其中一張床說：「今晚我睡在這張床上，至於你呢，可以睡在任何你想要的地方。明天我們到有岩石、有冷杉的地方去。」

我聽著她說話，看著她，讓她安排一切。有她在這裡讓我覺得幸福，我並非十分渴望她的身體。

當晚，她親吻我，然後一直說話：「我不想生小孩，只想做我的雕塑。我見過一些不結婚的愛侶，心裡羨慕著他們。我讀了一本馬爾薩斯[22]的書，他的論點讓我折服。我不想再當年輕女孩了，但是我會害怕。我學著你們那位元帥，對自己的身體說：『我的軀體，你在顫抖，但是假如你知道我會帶領你到什麼地方去，你會顫抖得更厲害。』[23]」

「佩服！」我讚嘆。

「我見過一些未婚女子自由自在地活著。我不能再與米瑞兒分享她的宗教原則，還有她隨時不計代價的服務熱忱。我要藉著作品感動人心，讓自己變得有用，就像瓦茲和他的畫作一樣。我不再相信情侶間絕對是因為宿命而相逢結合的。然而當時我卻深信於此，所以你和米瑞兒理所當然要在一起。現在我相信情侶必須經過嘗試方能結成。這就是為何我向你袒露自己的乳房，為何我在這裡的原因。我們已經起了頭，卻還難以認真看待彼此的感情。我不知道自己是否愛你，但是你教了我很多東西、讓我覺得開心，我喜歡你。」

我為安娜感到驕傲，同時感到些微困窘。我們之間是由安娜採取主動。米瑞兒及她們的母親已經從我心中淡去了。我尊敬安娜，想保護她並且溫柔對待她。我對她充滿了好奇，也為她所吸引。沒有男人碰過她。

她要求我：「跟我再多說些琵拉的事，別遺漏細節。」話雖這麼說，但是渡過英吉利海峽讓她過於疲憊，她終於無法支撐下去，在我的臂彎裡睡著了。

早晨她喚我起床，抓著我的頭髮叫道：「喂！克羅德！船隻再過一小時便要啓航了。」

她的內衣像是用刀子在某種紅色法蘭絨上裁剪出來，樣式頗為奇怪，看起來就像軍人穿的服裝。

船隻將我們帶到岩石嶙峋的峽角下。峽角高高矗立，俯視整片森林，天然形成的岩石四處散布，峽角上有林中空地和一座老舊的小旅館。

我趴著，雙肘壓在松針上。在我左手的食指上，停了一隻迷你蛞蝓，以靈活的頸子，探著手指之外的虛空處；右手食指上則是有一隻樣子像是豌豆的肥蝸牛，同樣往手指外探著。

安娜拿著畫筆，想用圖畫留住這兩隻昆蟲的純真無邪。

我站著划船，這艘小船與我和米瑞兒遇上暴風雨時所乘的船相仿。安娜跳下水，迅速潛入船底。

我們看見一顆石頭，這石頭由於形狀以及附著其上的青苔，看起來就像一顆老狗頭。安娜用一把小剪刀和槌子，將這顆石頭敲碎。

黃昏時，我們一起聽著蟾蜍的嘓嘓叫聲。

安娜說：「這裡除了我們以外的一切，是多麼地美妙啊！」

帶著溫馴的氣息，一個輕吻伴她進入夢鄉。

早晨她帶我到果園去。在一棵高大的櫻桃樹下，她對我說：「站好！」語畢，從背後攀上我的身子。她跪在我的肩頭，在我的頭頂挺直身子，進入了枝葉之中。她從樹上丟給我一些熟透的黑色櫻桃，自己也在樹上吃了起來。一顆果核掉入了我的耳裡。

「對不起，我瞄準的部位是鼻子。」這個時候她吹起口哨阻止我想出任何計謀來對付她。

我們玩弄著松果……釣青蛙……然而當旅館的年輕侍者因為烹飪上的需要，將一隻青蛙攔腰斬斷，留下了青蛙的大腿，我們就不再釣青蛙了。

我們親吻的次數越來越多。我真的不可能對這個男孩子氣的女孩做出其他事嗎？我的耐心並非僞裝。

我們玩射箭及手槍。安娜在這些活動上的表現極為優異。

「『夥伴』（copain）這個詞粗俗嗎？」安娜全身赤裸地躺在床上問我。

「不會，這個詞頗為通俗，是小學生用語。『夥伴』比『同學』（camarade）更能表達出熱情、有趣和親密的感覺。」

「那麼我就是你的夥伴了。」

「是的，大多數的時間裡，我們是夥伴，然而我們的關係並不只是夥伴。夥伴不會吻對方的唇，也不會讓我因而心中小鹿亂撞。夥伴不會要求更多。」

「你真的想要得到更多嗎？」

「有時是，有時又不是。我很高興我們之間可以慢慢來。然而好奇著想要得到更多的人也是我。」

「是啊，這是含糊又執拗的想法。這將會為我們帶來什麼結果呢？」

「將我們準備好的火柴點上火。」

「啊，然後呢？」

「然後，我們不能預見火焰會讓我們變得如何。」

「讓我們變得如何……」安娜的聲音改變了，不斷重複這句話，就像是傳來的回音，「來吧克羅德，就是現在了！」安娜將我拉到她的身上。

她臉紅，神情嚴肅。

我動作輕柔地試著。

「做吧，做吧！」她對我說道。

我還在猶豫。

「你做就是了！」

語調的差別說服了我，心中存有的細微障礙於是消失。我進入了她的身體。她看我的眼神就如同我是她的夥伴，僅此而已。

然而我們懂得，這場遊戲已經成了我們唯一的遊戲。

她說：「因為你想要，而且這是很親密的行為，所以應該發生的，我自己也想。不過這還不是我們倆共同為了彼此而做的。這就像親吻，只不過比較不舒服。」

我說：「對妳而言，激情的火焰尚未熊熊燃起。」

「你已經感受到自己的激情了嗎？」

「你看不出來嗎？」

「我看得出來，不過我並未有所感受。這就像是你獨自玩著遊戲。我是否永遠都不會有感覺呢？」

「這要靠自己探索。」

「是的。你曾經告訴我，克蕾兒和你父親在一起的時候，從來都沒有感覺。這正常嗎？」她問道。

第九天的時候，我建議將這場十天的相聚再延長幾天。安娜拒絕了。

「我已經仔細考慮過了。我發誓不能接受你的建議。為了你也為了我，我們需要一個期限。過少總比有點太多還來得好。後天我會獨自出發到山口高處去。在那附近，我有幾位認識的農夫。你呢，你跟克蕾兒到海邊去吧，她有這個需要。我們很快就能夠再見面。我們都是自由的，這是多麼地美好。

我不得不接受這個期限。

當離別的時刻來臨，安娜揹著背包出發。她的腳踝纖細，雙眸在陽光之下閃耀。她對我說：「我到了白楊木下會回頭看你一眼。」她做到了，並且對我深深地點頭致意。

安娜給克羅德

一九〇四年七月十四日

離開你已有兩天。我緩慢走了四個小時，中途沒有停下休息，也不覺得累，有時邊走邊說話。跟誰?跟你呀!我走在橋的欄杆上渡過湍流(我總是這麼做),在我的正下方,瀑布流瀉而下,在岩石上碎裂,激起點點水花,水花往上噴濺,超越我的高度,在太陽的照射下,形成了一道道彩虹,而我在彩虹之中行走。我的背包對我而言並非重擔。為了自娛,我輪流操弄著節儉與奢侈兩種性格。太陽燒灼著我的肌膚,而想要屬於你的念頭則燒灼著我的心。

七月二十日

我重新讀了你一年前的來信。現在我已經完全懂得你信中想表達的意念,對於你這封信本身所造成的影響,讓我十分訝異。

十天的姻緣太過短暫!但是當你不在我的身邊,我反而能夠看清楚現實。

我也喜歡瑞士畫家波克林的作品。寄給我古爾孟[24]寫的《愛情物理學》吧!

克羅德的日記

一九〇四年八月五日於克諾克

我和克蕾兒到一座比利時沙灘去，預定在那裡待上幾個星期。我們在旅館投宿。我努力讓她感到幸福。在當地，我和一個來自萊茵河畔的年輕女孩若有似無地調情。這個女孩有著與米瑞兒相同的特色。我邀安娜在鄰近的村莊住下。如果騎腳踏車，只需十分鐘就可以到我住的地方。我還為安娜租了一間可以觀海的房間，以及一間小小的畫室。她明天抵達。

八月六日

安娜沒來。取而代之的是她的一封信：「真是一場災難，母親和米瑞兒都病倒了。我不能再猶豫了：我要去照顧她們。我害怕得渾身起雞皮疙瘩。」

我全心全意等著她的到來。這個損失將會無法彌補吧？

八天之後，又來了另一封信：「我哭了。你比我的雕塑還要真實。我以後不能常常寫信給你。你可以運用你的想像力，而我或許只能重複你走過的路。」

一九〇四年十二月二十七日

過了五個月，安娜於聖誕節後的第二天抵達巴黎，來到了我的身邊。她激動不安、不愉快，對自己感到懷疑。我覺得她成熟了，也出落得更漂亮。我看著她，並沒說出我的感覺。她從我的眼裡讀出我心中的想法，奔進了我的臂窩，大腿夾住我的腰。她裸著身子，我從頭到腳，輕輕撫摸著她，她發現自己慢慢褪去了粗糙不起眼的外殼，終於能夠感覺到我的渴望。她汲取我汩汩湧出的渴望。當我抱著她的身體時，彼此都有了一種新的體驗。她不再是湖邊的那個男人婆，現在的她已經是個年輕女人了，並且對於自己的蛻變感到驚喜。

夜晚來臨時，她對我說：「我等了許久，得到的報償卻是這麼好！」

我說：「我要變成激情的火焰。」如我所願。

一九〇五年一月十二日

只要我一得空，我們便在她的畫室見面。不過我是個有工作的男人，我與一家期刊基金會合作，必須定期交出翻譯稿，所以我見她的頻率並不高。有一天，她突如其來寄了一封氣動傳輸信[25]。這與她的原則相悖，她保證不會再有第二次。我加緊腳步，完成我該做的事，然後去見她，並且留了下來。

我摟著她，而後將她抱起，放到她的床上。她從床上逃到浴室去，快速洗了個盆浴。在我的注視下，她動作毫不忸怩。

「安娜，妳每天早上不都已經洗過了嗎？」

「對啊，像個乖巧有規矩的英國女孩一樣。然而早上洗完澡之後，我又熱壞了。」

「真可惜！如果我喜歡聞妳因為熱而散發出來的體味，勝於香皂的植物香味，或如果我希望妳不要在我親吻妳之前洗盆浴，那妳會怎麼做？」

她回答：「我會聽從你的意思。」

我收到了第二封氣壓傳送信，又可以立刻去見她，並且忘記所有一切，「維持著激情的火焰」。

安娜給克羅德

一九〇五年一月二十一日

克羅德啊，克羅德，我實在太幸福了。我的欲望隨著你能滿足的程度而增加。

男人是否能藉著做愛尋得情緒的平復？對我而言則是相反。昨天一整天，我從容不迫地擁有了你，如此一來，讓我自己更為需要你。我不知道怎麼辦。你填滿了我的生命，如果你離我遠去，那麼我整個人可能會被掏空。誰知道呢？

如果你想來就來，那麼這會令我更難受，因為對我而言，你總是四處奔忙。要不是有我的雕塑陪著我，我可能會擔心害怕。

就算你可以一直留在我身邊，你還是偶爾有需要離開的時刻，如此一來，我的心裡一樣會非常難受。我真是貪心啊。

如果我們最終因為厭倦對方而結束這段感情，那會是怎樣的情景呢？你能想像嗎？

盡你所能地愛我吧。

一九〇五年二月四日

我的克羅德，有空的時候來找我吧；但是如果可以，那就馬上來吧！短暫的相聚比不能相見還苦，我痛恨這個讓你分身乏術的工作。我已經到達忍耐的限度了。我曾經在家庭中無法得到幸福，現在卻因為得到了幸福而感到不幸。治癒我，別責罵我！讓我能重新找到秩序。

如果你能來，就算夜色已深，也儘管來吧！

依據我們的愛情塑造而成的雕塑品，我覺得需要重新開始。

儘管將屬於你的安娜，塑造成你想要的樣子吧，就算她不願意也沒有關係。

這張信紙是你的肌膚，筆中墨水是我的血，我用力寫下文字，好讓墨水能深深地透入紙張。我現在終於了解為何琵拉，這個你不想忘記，而我也不會忘記的女孩，會摑你耳光了。

為什麼？

嗯……你自己想想看。

假使真如你所說，從女人做愛的方式，便可得出一個民族的人生哲學，那麼西班牙人的思維實在是太清晰了！

克羅德的日記

三月五日

接下來，又收到了兩封氣動傳輸信，但是我真的無法抽身前去。雜誌的創刊號正進入印刷階段。安娜有了失眠問題。她告訴我，也認為非常了解我的處境，所以不會介意。然而對她來說，我們無法見面這件事並不合理。

安娜現在變得十分漂亮。我逐漸確定，自己所能給安娜的東西，並無法滿足她。我越將全副心力放在她的身上，我們之間的感情就越融洽，而她希求我們感情延續的渴望就越深。

她需要我的時候，我卻無法陪在她身旁，讓我十分難過，而當她感受到我的心情，也總會跟著悲傷起來。

她對我說：「如果你是水手，那麼你的缺席是理所當然。但你不是，當我極度需要你，就算你前夜已經來看過我，我無論如何還是會要你來。不過你並非每次都能做到。每當你預計停留一個小時，我總會留住你一整晚。我以為自己很理性，其實卻非如此。我們原先的想法是兩人都要在各自的領域努力工作，只有工作完畢才能見面。我在感情方面像個初生嬰兒，對我來說，主導我們一切的關鍵就在於：我們以自己的語言和姿態，構築了我們的愛情，就像是雕塑出屬於彼此共有的偉大雕像，對我們而言，這才是最重要的。然而與其過於頻繁地召喚你來看我，我寧願失去你。」

她終於又開始從事雕塑工作，第一件作品是木製品，這為她的雕塑生涯開啓了新的紀元。她掩不住內心的喜悅。

她為自己設定了工作時間，禁止我在那些時間內見她。

「我必須讓自己重新愛上除了你以外的事物，如同我讓你自由喜愛除了我以外的事物，如此一來，便可減輕我給你帶來的負擔。」她如此對我說。

譯註22——Malthus Thomas Robert，1766-1834，英國經濟學家。

譯註23——原文語出Henri de Turenne，1611 - 1675，為法國波旁王朝的軍事家。

譯註24——Remy de Gourmont，1858-1915，法國象徵主義詩人、小說家以及評論家。

譯註25——通過壓縮空氣或部分抽真空以推動圓柱形容器通過管網的系統，在十九世紀和二十世紀初被用在較短距離內傳送郵件、現金等小型包裹；後為電報所取代。

15 安娜、克羅德以及穆夫 Anne, Clude Et Mouff

克羅德的日記

一九〇五年三月三十日

時間過了三個月。我有一位俄羅斯女性友人，個性自由不羈。我帶安娜上她家去參加一場充滿舞影和伏特加酒香的派對。

接近凌晨兩點，只剩十多位客人尚未離去。大家開始不時切掉幾分鐘的光源。

我坐在長沙發上。安娜方才與穆夫跳舞，現在他們兩人就坐在離我四步遠的沙發上。我注意到穆夫對安娜很有興趣。穆夫是斯拉夫人，個子矮小，身材四四方方，濃密的鬍鬚攤在臉上，外表冷漠，看起來力大無窮，有著教授般的神氣。

在黑暗中，沙發上坐著的人悄悄換了位置。

四周又陷入一片黑暗。我感覺到有人緊挨著我，拉著我的耳朵。我以為是安娜，於是噘起了嘴，迎接送上來的吻。這不是安娜！是一個俄羅斯女人，比安娜年紀大，剛剛還和她聊過天。我將身子往後退，並且後悔帶安娜來這裡。

離開的時候，安娜告訴我：「穆夫問我是否可以參觀我的木製雕塑，他說他認識你，我答應了他。我這樣做沒錯吧？」

「我帶妳來這場舞會是為了讓你認識一些朋友。沒錯，我認識穆夫，不過只交談過幾次，對彼此並不了解。我想他是個嚴肅聰明的人。」

「我沒找他，是他自己走到我的面前。我對他也有興趣。」她說。

我們一同回到了安娜的住所。我向安娜述說那個落在唇上的吻，還有我起先誤以為親我的人是她（她捏緊了我的手指）。我洗了幾次嘴才親吻她。

四月十日

穆夫去見安娜。他觀看安娜的作品，給了讓安娜極為震撼的評論。他是個畫家兼作家，還邀請安娜去參觀他的工作室。安娜去了，他向安娜表達愛慕之意。

一九〇五年四月十五日

我們總是一直將我們的愛情推向高處，直至消失。有一天安娜這樣對我說：

「你想過，你可能愛米瑞兒愛得比我多嗎？」

「我不知道。我們無法想像另一個世界。對我而言，她仍然是個謎。」

「我覺得你可能比較愛米瑞兒。當我認識你的時候，就認定你和米瑞兒將來一定會結婚！我覺得你們是天生一對。為何會有這些想法，一定有其原因。在運動項目上，她每項都能贏過我。如果她真的有心，也可以在感情方面打敗我。我差點成功地讓你們步入禮堂。有時我真有些嫉妒，就像那晚在小島上一樣。我自忖著：『我將會剩下什麼？』而後我又開始為了你的愛情而努力奮戰，直到讀了你的分離日記為止。你的分離日記就如同是我的聖經。我了解你們的個性頑強，決定的事便不會更改。我開始為了自己而望著你，而你也終於察覺到我的心意了。」

「妳慢慢地不再像個男人婆一樣。」

「克羅德，那是因為你的緣故。當時那個男人婆早已非常愛你。發現自己喜愛的男人渴望著自己的全部，實在令人感動……你會吃穆夫的醋嗎？」

「沒錯。穆夫和我的類型相反，也許這一點能夠吸引妳。我對他有成見。儘管我不了解他，但是我感覺他配不上妳。我不認為你們兩人能在一起。不僅如此，我甚至連想像都沒有辦法。我看到妳所能給他的東西，但是卻看不到他可以帶給妳的東西。這不關我的事。」

安娜說：「你呀，真惜你沒有時間。你做的示範表演很棒，你讓他人認同你，然後你對這些人說：『太太別忘了，這世界如此寬廣，您可以從中選擇您要的』。完全不需費心知曉他人想要的是否就是你。別人無法生你的氣，因為你就像是一個傳教士，或是一匹別人不敢套上韁繩的賽馬。我懷疑自己最終是否會需要一個更能完全屬於我的男人……我迷戀愛情本身更勝於你。對我而言，你大致符合了我的條件，但是我仍然渴望出發去尋覓。」

我有事必須外出十天。我將行程縮短一天，然後在慣常的時間去找安娜。我間歇地敲了四下工作室的門。這是第一次沒有人應門。我又敲了門，還是一片靜寂。我喊著：「安娜！安娜！」

沒有任何回應。

我心想：「她出門去了，也有可能是因為穆夫的緣故。」於是我離開工作室。

我收到一封氣壓傳送信，上頭寫著：「你來吧！」

她對我說：「啊，我當時人在工作室裡，不過我沒給你開門。因為我坐在穆夫膝上，他拉住我不讓我開門。當你大喊我的名字時，我想要回答你，但是他用大手掌摀住了我的嘴。」

我心裡想著：「希望妳咬了他的手。」

但我只是說：「他在的時候，我也不會想進入妳的工作室。」

八天之後：「你以為我和穆夫已經在一起了？不是的。我們還沒有。不過我們曾經幾乎就要成為情侶了。是我自己不想對你說起他的事，他並沒有阻止我說出去。」

五日之後，又一封氣壓傳送信，上頭寫著：「你快點來。」

我趕過去。

「克羅德，我和穆夫今天下午已經在一起了。我才剛洗了個盆浴。快點疼惜我吧！」

我照做了。

「克羅德，為了我們，你做了什麼？我做了什麼？我原先並不想要這樣的，我還沒愛上他。可是他突然加緊腳步追求我，讓我對他十分好奇，彷彿事不關己似的。然而我無法再冷眼置身事外了。你也一樣充滿了好奇心。」

「沒錯。而且穆夫是個很棒的男人。」我說。

「也許吧。可是你和我之間是神聖的。」

「那妳和他，難道你們之間不神聖嗎？」

安娜回答：「還沒到那種境界。」

在一家酒吧，我看見穆夫和一個波蘭女孩調情。我和他交換了一個冷峻的眼神，我替安娜感到心痛。我不會告訴她的。

午夜。我認出了穆夫那輛著名的腳踏車正貼著牆。腳踏車車身低，鎳製部分發出亮光，車架下是兩個粗大的紅色輪胎。我拍拍前輪，輪胎內打滿了氣。車架上的打氣唧筒閃耀著。

捉弄他一下？

我像個小偷一樣，仔細地放掉前輪的氣，再將氣門嘴的塞子重新塞回，而後離開。

這只會讓他擔心一下子而已。重新充氣，便可以上路了。

安娜告訴我：「你寫給米瑞兒的日記幫助我看得更清楚。我需要你，而你的生命中卻不需要任何女人的存在。我原本以為隨著時間經過，自己便可以滿足於你能給我的東西，因此我以這個想法為基礎而努力。儘管我抱著如此的想法，但是應你所需而生的新我，卻要求得更多。而受你鼓勵而生的好奇心，扮演了推波助瀾的角色。」

她又說了：「你有時會想起米瑞兒嗎？（我點頭表示的確如此）真正的她在生病的雙眼之下沉睡著，有一天她會恢復成原來那般個性鮮明。」

很快的，安娜有了兩個同時交往的男朋友，我們兩個男人也彼此知悉，那是安娜說出來的，不過並未提到細節。我和穆夫都難以接受這種狀況，安娜倒是調適得很好。

安娜告訴我：「當我想著米瑞兒會如何看待此事……想著一年前的我會怎麼面對，我便感到噁心……這種情形並非出自心裡真實的想法，而是自然而然就發生了，不容混淆。這是意外。我的本性是希望生命中只有一個男人相伴，就像迪克和瑪莎。

我心裡嫉妒米瑞兒，但是我控制著自己的情緒。你嫉妒穆夫，你也控制著自己的情緒。」

一九〇五年四月三十日

有一天安娜問我：「穆夫有朋友在波斯，邀請他到當地作客。穆夫想帶我同行。你覺得如何？」

「那是個風景優美的國家。依妳自己的心意決定吧！」

安娜回答：「那麼我要去。」

我們彼此道別了兩次，每次都持續了整個夜晚。

安娜給克羅德

一九〇五年五月二十二日於德黑蘭

在巴黎和你分別時，我並沒有對你表達出遺憾的心情。我找到了原因。我很驚訝你竟然會因為穆夫的關係而感到難過。對於能夠遇見他這件事我替你感到高興，如此一來，我不會再是你的負擔了。

你曾經是我全部的生命。因為你有智慧和勇氣——或者說是自私，所以拒絕了我的要求。既然這都已經是過去式了，現在我為此而感謝你。

是你引導我向穆夫的身邊，為此，我要謝謝你。

（兩封信遺失）

一九〇六年一月一日

我總是追求著捉摸不定的愛情。既疲憊又空虛，突然之間，我飛越了這些不幸。穆夫是個非常善良的人，他的妻子（他已經結婚了）人在俄羅斯，夫妻彼此給對方完全的自由。穆夫的朋友組成一個既有學問又有趣的小圈子。對你，我只在某個點上感到抱歉。至於是哪一點，就不跟你說了。我要回到島上了。

一九〇六年二月二十日於小島

米瑞兒學習在無法視物的情況下寫字。如果她寫信給你，而你回信給她的時候，別忘了，將信念給她聽的人，可能是我母親。據說再過一個月，米瑞兒眼睛所承受的苦難即將結束，之後，她便可四處旅行。她打算到巴黎來看我。以往巴黎是個深得她心的城市，然而現在對她而言則充滿恐懼。如果她到巴黎的時候還有這種想法，對她並不好。她這兩年裡如同盲人，生活在深沉的孤寂之中。

不只對其他事物，對你也一樣，她會像個孩子，重新認識一切。

一九〇六年三月八日於小島

謝謝你寄來一封論點紮實可靠的信。

男女的完整結合是個神話嗎？

我以往的勇氣到哪兒去了？我將會一直受到傷害。這該歸咎於自己。我沒有將自己的主動積極發揮到極致，還放任著誤會加深。

你告訴我，「別怕去愛」。我聽你的。

這讓我想起一件事。我的姑丈總是對我姑姑說：「別怕暈船。」然而他自己卻時常暈船。

我與米瑞兒的關係變得親密。

兩個月之後，我將會抵達巴黎。

16 深吻 Le Long Baiser

米瑞兒寫於一九〇六年的日記

一九〇六年一月一日於小島

我將勉力寫下我和克羅德感情發展的程度，同時為這一段感情貼上標籤。二十個月之間（一九〇四至一九〇六），我的雙眼失去了視覺，無法寫信給克羅德，也沒收過他寄來的重要物件。只能透過安娜的轉述，得知他的消息。

一九〇四年夏天，由於我發現身體受到了損害，感到十分懊悔（見我的告解），私底下又必須與壞習慣對抗，整個人感覺就像被撕裂開來一樣。那年九月，我成了百分之百的素食主義者。十一月，克羅德寄來一封貨真價實的信——那也是他寄來的最後一封信。那個冬天，我的精神生活過得很充實，戶外活動則是乏善可陳。此外，由於母親要我吃葷食，因此必須不停與母親對抗。隔年三月，我的眼睛情況變糟，於是開始了這場重要的療程。五月時，安娜返家。我的雙眼蒙著繃帶，讓她牽著散步。我感謝神沒賜給克羅德一位瞎眼的妻子。為了滿足自己傲慢的欲望，我什麼都想學，於是濫用並且失去自己的雙眼。

兩年之間，我什麼都沒做，反而因此學到不少，也讓我重新處於平衡狀態。眼科醫師時常前來看診。

一九〇四年夏天，安娜去了瑞士，我的左眼眶第一次出現刺痛的症狀。由於有失去雙眼的危險，因此整整三個月我處於完全的黑暗之中，情緒也變得敏感，連在路上聽見激烈的爭吵也會流淚。治療過程中我毫無怨言，而雙眼痊癒這件事，也並未帶給我喜悅。因為我的雙眼已經無法理解這個世界了。母親高聲朗讀《與無限協調》給我聽，這本書的內容我已牢記在心。我能感覺到神非常地靠近，而克羅德只是祂的從屬。我可以停止我的夢想了。

自此，我又開始回想著和克羅德相遇的情節。我是否無法終止腦中的幻念？

四年前他來到島上，和母親進行了一場導致沉重後果的對話。

一九〇六年一月二十五日

安娜將帶我到巴黎去過復活節。她給我關於衣著方面的建議。昨天她問我：

「妳會見克羅德先生吧？」

「我應該見他嗎？」

「當然！」

我同意她的看法。這是她第一次重新提起他。我害怕再見到他，卻又渴望於此。與他會面對我而言，似乎並不真切。

一場美夢。夢見克羅德找我縫一顆貝殼鈕釦，我的額頭碰觸到他的臉頰，我們的唇相互輕觸。我的心情就像剛參加過一場神聖的聖餐禮。

一九〇六年五月三日於巴黎

我來到巴黎了！

安娜與克羅德碰面，詢問他是否想見我。他回答：「我不知道。」

我感到驚訝。先前我確定他不再愛我，他的遲疑正好告訴我：「他的心中或許還留有一絲火苗，他擔心妳將火苗吹滅。」

我願意冒這個險。這不會對他造成任何傷害，而且我知道如何保守我的祕密。黑夜來臨。安娜在我身邊不遠處睡著，她顯得煩躁不安，嘴裡還喃喃抱怨。她怎麼了？

我去盧森堡，在當年去過的角落裡，我獨自笑著，惹來其他人的注視。我想到未來便斂起了笑容。安娜對我說：「是明天。」

我獨自在窗洞裡。克羅德走進來，一下子將帽子丟在長沙發上，朝我筆直地走過來。他沒說話，只是定定地看著我。他的唇無聲地描畫著我的名字，我的唇也是。我們同時慢慢地向對方伸出手。他緊摟著我。和我夢中的情境一樣，他給了我一個吻，一個真正的吻。這個吻，我們無法結束。

他邊吻著我，邊將我抱起。他坐上扶手椅，讓我坐在他的膝上。他不時發出呻吟。我費心安排，好讓彼此有一小時的相處時間，而這一小時就這樣度過了。我們什麼也沒說，只在這個深吻之中旅行。我感覺自己彷彿遭到一頓痛打。他在我的唇上察覺到我同意他這麼做，然而卻忽略了這是出自我始終不渝的愛情。這是最重要的部分。

假如我們擁有比一小時更多的時間，那麼將會發生什麼事呢？

我或許會毫無保留地對他訴說一切。

安娜敲門進來，臉色蒼白。幾秒鐘之後，她說：「妳的火車預定五十分鐘後出發。」

克羅德說：「米瑞兒，再見。」

我對他說：「再見了，克羅德。」

一九〇六年五月十八日於小島

我回到了島上。我並非一無是處。我努力讓克羅德在我心目中的重要性，從原先之處往下降，但是這很困難。克羅德在我心中奔跑著。我是如此希望他能對我說話，他是我的生命，然而卻什麼也沒對我說。

五月二十二日

工作一整天之後，我和亞歷斯一起坐在火爐前。你突然出現了，解開我的袖扣，溫柔地掀起我的袖子，用你的手指輕輕握住我裸露的手臂，幸福的感覺令我窒息。你消失了。真是孩子氣！

這些幻影純真無邪，是上帝的賜與，然而我不能因而感到得意，這會讓我的愛情變得過於激烈。

將自己完全奉獻給你？你沒這樣要求過我。我愛你，儘管這違背你的意願。

願我的靈魂能傾其所有地付出。

五月二十七日

克羅德，明天是你的生日。你的手指如同項練，圍著我的頸子。我抓著你的手，將手指一根根地扳開。你飛快吻了一下我的唇。

我們的那一記深吻之後，將會找出自身的意義，不再自言自語。

四年前，我失去了你和安娜。在我心底深處，我認為你將安娜從我身邊帶走了。我要把安娜找回來。她所能知道的，只有我的祕密所投下之陰影。至於你呢？你一無所知。

五月二十八日

如果我將自己當作生日禮物送給你呢？

如果在你過完生日之後，我們還是要分開，那麼這個主意是行不通的。

對你而言，我只是你眾多女友中的一個。而你呢，你是我的目標。世界上最糟糕的事，莫過於缺少你的存在。你向我揭示了人類的悲劇，沒有你，我不再是我。我的手、腳、額頭，全都等待著你。我想幫助所有需要我的人，連我需要你的時候也一樣。

夜晚時，我便飛向你身邊。如果你睡著了，我會給你一個輕吻；如果你寫字，我會坐在地上，將臉頰靠在你的膝蓋；如果你看著我，我會攀爬到你身上。

這份日記，有一天你會讀到的。

安娜是否已經告訴過你，我只能閱讀字體粗大的文章書信？

週年紀念：當你在瑞士時，曾造訪我蓋在樹上的會客室。這已經是六年前的事了。

我第一次在夢中見到你，是五年前發生的事。四年前的某個夜晚，我們一起散步，你做了幾個清晰的比較，而我卻無法領略。

一九〇六年六月十八日於小島

明天我就滿二十九歲了。我對母親的態度十分惡劣。

我的《聖經》上寫著，你是什麼樣的人，比你做了什麼事還重要。

我竟然忘了！

神啊，只要我的雙眼能接受你的吻，那麼我的眼疾便會痊癒。

我的手交纏著，好讓你能一手握住。

在我們家服務已有六個月的女孩，八日後便會離開。我竟沒有向克羅德說起她的事。真羞恥！

六月二十四日於小島

今天早晨，我的課上得不好。這是我的學生第一次在上課時分心，眼神望向了戶外。他們是該這麼做的。

克羅德，你什麼時候才會需要我？等我死後嗎？

願你尚不需要一位妻子的愛！

七月一日

我回到少女時代就讀的學院，躺臥在以前住過的房間。我想看八年前同樣躺在這裡的小米瑞兒。當時其他女孩子還推選小米瑞兒負責管理整棟住屋。

我有個瘋狂的想法，我想跑到親愛的校長房裡，在她的床上握住她的手，告訴她：「我愛克羅德。」

校友要到修道院幫忙。修道院裡的殿堂一點都沒變。拱頂之下，克羅德的名字在我心裡滾動著。

七月三日

克羅德，猜猜我在哪裡？我正躺在迪克和瑪莎家的沙發上。我將我們親吻的事告訴了瑪莎，同時告訴她，我的心裡並不難過。她說：「宇宙萬物中，我們只不過是滄海一粟。如果愛情來拜訪，那就讓我們盡情歡樂吧，哪怕回應不在當下。」

不要再談關於我們親吻的事了，要談的應該是我的眼睛、頭疼、感冒、情緒不穩和優柔寡斷。對你而言，一個女人不該有這些問題。

在你對我告白之後，我嘗試替你療傷，為此，我每天寫兩句「我不愛你」送給你。不過你的傷口還插有一根燒紅的木柴，而這根木柴正為我所有。

七月十六日於琉森

待在你的臂彎裡，只是我的一場夢而已嗎？今天早晨你是如此難以親近。有那麼多眼睛盯著你；那麼多雙手想觸摸你；那麼多耳朵想聽你……我望著湍流，你偏離了航道，使我沉沒水中。

等我的眼睛痊癒，將會懷抱熱情投入工作，就像你喜歡的那樣，但我不會為了你希望的事情而努力，而是全心投入自己的事情。

當我在城裡的舞台上表演時，觀眾會因為我的表演風格具有莎士比亞的味道而鼓掌喝采，然而你卻嘲笑過我的表演風格。你對我說：「妳應該要找到屬於自己的風格！」我當時非常生氣，不過我發現自己確實只是重複一些高明的表演技巧。在我歌唱時，你的眼神讓我對自己的聲音有了信心。你還有什麼沒做的？

我喜歡愛著你。現今我所感受的喜悅正是如此。

當你看到這封以鉛筆書寫的信，你會發現信紙上有些行線並未完全填滿，左一處右一處留下空白，不但截斷了整段文字，行列也無法對齊。這意味著我是在蒙著眼睛的情況下，寫了這封信。

八月二十六日於小島

你見過一稈啤酒花被風吹起，失去了莖梗嗎？

這稈啤酒花生命力強盛，隨時準備往上攀爬，卻注定枯萎。啤酒花和莖梗之間，隔著一段無法超越的距離。它繼續生長，圍繞著空氣，輕柔地往內彎，形成一個毫無意義的螺旋形，自地面層層往上盤旋。假使這樣生長，必定凋謝，但如果莖梗的細枝與花接觸，啤酒花便會圍繞著莖梗，重現生機。

你就是我的莖梗。

我也許不算誠懇、堅強和漂亮，但我的愛情卻是如此，只是你不知道……

八月三十日於小島

以前，我曾經以為，除非有災難發生，否則我將成為你的妻子。現在，對我而言，只要愛你便已足夠。我愛你，不是因為我需要愛，而是因為你，但你對此毫無所覺。每個人都不能擁有多餘的愛。我要將我的獻給你。你不要，是嗎？雖然如此，我給你的禮物還是存在，時日一久，終究還是會送到你的身邊。

一九〇六年十月二十八日於小島

我發現自己在兩個月前的想法十分理智，只不過已然消失。我的頭靠在你的肩上，你的手環抱著我，我感覺自己已經接近了幸福。我是一股你不在乎的熱力，沒有我，你會感覺寒冷；我是一陣氣味，從你的窗戶飄進。這就是我存在的理由。

你收到安娜的信了嗎？你只知道我們去了瑞士而已嗎？你知道有三週的時間，我母親需要有人日夜地照護嗎？你還祝福我找到一個能遠離她的工作……

十二月四日於小島

我決定復活節的時候去見你。我完全康復了，開始做著家務。我的生命就這樣流逝了。誰會為此感到可惜？——至少不是我。

是的……是我！我們的吻不能解決任何問題……我要賭上運氣去見你……懸崖愛上了撼動自己的波浪……

一九〇六年十二月七日

你對我說：「妳已經可以靈活運用法文了。現在妳將學習範圍擴及整個歐洲，就像是拿破崙的大軍……」

在我的雙眼第一次出現不適之前，為了課程需要，我多將夜晚時間用來研究達爾文。我還學了德文。和你一同旅行的時候，我還想要學得更多。

母親回來了。我又以憤怒的面容偽裝自己。母親無知地要求我做一些事情。幸好有你，我才學會了壓抑自己本性去完成她的要求——我父親應該與我們的想法一致。我祈禱，有時會動怒。如果有人在我面前，用著我對母親說話的語氣，對我母親說話，那麼我一定會揍他。

現在我每週只上一堂課。以前我擁有神奇的力量，如今我讓這些力量自行消失。我不缺腦力，只缺具有創造力的仁慈。

每當我表現出善良仁慈的態度，便會感到喜悅。

你說：「別坐在路邊。」

我的疲倦是懦弱的表現。

我總是活在我們接吻的時刻裡——然而我竟藉著一封語氣冷淡的信予以否認，只因怕你知情。

17 兩姊妹 Les Deux Sœurs

一九〇七年米瑞兒日記

一九〇七年一月二日

月亮更圓了，讓星星相形失色。冬夜裡寒風刺骨。我的新朋友，我那漂亮的狗兒閃閃走在前面，偶爾轉過頭來瞧瞧，打探我的情況。上帝賜予與我等身的愛，給毫無音訊的克羅德。

我做了這首詞，配上自己創作的曲調，在寒冷的原野上邊走邊唱。我和你在一起，我對著你笑。

家裡有兩位病人，我得回家為她們做濃湯。

一月二十七日

早餐後，我撥出一刻鐘給安娜寫信，但我沒告訴她最重要的消息：「克羅德未捎來隻字片語。」

就算會引戰，我還是要簡化家裡的一切……但是，我還沒動手去做。克蕾兒沒錯，我是在拖延。

我是顆移動的塵粒，指間握著小韁繩，勒向左邊或向右邊。勒緊什麼？我自己。

朝哪兒而去呢？問題就在這兒。

二月十七日

我們找到一個女傭。我將有更多屬於自己的時間了，我要做些什麼呢？

整理花園，陪閃閃散步兩回，彈鋼琴、到城裡參觀兩次、和俱樂部的男孩去郊遊以便「觀察大自然」、每天和母親讀十五分鐘的聖經……

時間就這樣用完了！

三月四日

晴天霹靂。安娜叫我去巴黎。

一九〇七年三月八日於巴黎

我在安娜家，在她的工作室，在她俄國朋友的氛圍中。

三月十日於巴黎

我獨自去看羅丹的〈親吻〉，仔細端詳這座雕塑。上帝原封不動創造了完整的克羅德，並且附加了我所感受到的吸引力。上帝完整創造了我，經過時間上的耽擱之後，祂讓我愛上克羅德。

在我面前的，是一座白色大理石，兩個裸體相愛的人，純粹簡練。這就是上帝給我們的，給我和克羅德的，我們卻拒絕了。你說我們是不是瘋了？

我們的愛不夠強烈嗎？儘管我相信克羅德愛我而我也愛他。我捫又為何踟躕不前呢？如果克羅德問我，我會立刻回答：是的，願意——但是我也無法確定。

我害怕輿論嗎？我不這麼認為。我害怕更需要他，因而放棄所有的工作？我不知道。孩童反射性的恐懼嗎？當然不是！總之不管別人給我安什麼名分稱號，我將會成為他的妻子。

我在鏡前看著自己，氣色很差，就這樣打斷了心中的疑問。

安娜回來看到我，擁抱我，問我想不想見克羅德。這時候朋友都到了。

安娜不曾這麼漂亮過，在她旁邊真幸福。在乳品店裡，我看到她嚴肅地和一位好像很迷戀她的俄國人討論事情。

五月十七日於巴黎

回家時我發現克羅德的一封信。一定是安娜要他來信。他很痛苦，寫信對我說：「有一群人要和我們說話。跟我去英國一星期吧，直到我痊癒為止。」天啊！這讓我天旋地轉，我得想想……我該保持距離嗎？……我想都沒想過！

是啊，妳真多疑，妳應該去看他。從這裡到他家不過十分鐘。

五月二十日於巴黎

克羅德還是臥病在床。他不在克蕾兒家，而是在他自己的小蝸居裡，那兒視野遼闊，可以望見一大片巴黎市景。他要安娜帶英國的藥方給他。安娜順便替我送信。我對他說：「好吧，克羅德，我很願意跟你到英國一星期。」

安娜發現他蒼白、消瘦，儘管發燒還是賣命工作。

我再次看著鏡中的自己。離他遠遠的時候，我非常討厭自己，為此我因著克羅德不愛我而感謝上帝。在他身旁的時候，我覺得自己像個皇后。

一九〇七年五月二十一日於巴黎

我陪安娜走到克羅德的門口。她帽子戴歪了，還忘了她的紫羅蘭。她不愛打扮，但這樣顯得更美。她用奇異的眼神，正面側面地打量我，似乎是想仔細地觀察我，她不曾這樣。當然是因為她想在成為我的信差之前，好好地了解我。

我們一起走路，手臂置於胸前，不發一語。我感覺得到她愛我。這裡有一座正在拆遷的房子，一堵高牆在搖晃，塵土飛揚。裡面有一位泥瓦匠，旁邊是一個腰上纏繞著紅色腰帶的孩子。

我們到了。安娜將我留在車裡，我看著她消失在大門裡，朝著登上克羅德住處的階梯走去。她的背影顯得心事重重。

太陽完滿地下山了，這是我和克羅德的彌撒。我看著太陽，坐過了頭，跳下公共汽車，司機笑著揮動手指警告我。

回到工作室，飢腸轆轆，我喝了杯茶。有人來敲門，但不是敲四下，安娜叫我別開門。那人又敲了門，然後就走了。

過了很久，安娜還不回來……和克羅德在一起的時光總過得特別快……我蹲著，用手撐著下巴，就像羅丹的沉思者。黑夜裡，在窗簾後面，我注意庭院的動靜。對面的一盞大燈和紅色燈罩亮了起來。我在打瞌睡。有人用力敲門，是克蕾兒嗎？不可以，我可要和克羅德去英國！

我將對克羅德傾注我所有的愛，就像愛我的狗兒閃閃一樣。

安娜終於回來了！我醒了，她快步走來。

我們簡單用著晚餐。她談論起克羅德。他覺得喉嚨舒服多了，此外他收到了一個「豪華酒精加熱器」，好弄熱他的湯。她將我的信給他，他立刻讀了，一副很幸福的樣子。

安娜沉默不語，努力擠出一句：「我寫信對妳說過，要和妳談談我的生活。」

「是的。」

「妳有沒有想過會是什麼樣的生活？」

「完全沒有，妳想說自然會說。」

「我想妳也許猜到一點……（她吞了一下口水）。真難啟齒……好吧，總之就是，米瑞兒，我懂愛情……我愛過，已經三年了，我一點也不後悔！而且，我曾有三段戀情。」

「妳要不是安娜，我絕不會相信妳。」

「我是安娜，所以才要妳明白……妳覺得尼古拉怎樣？」

「你們是不同類型的人……他追妳？我想都沒想到。」

「他追我……而且到手了。」

「我還以為這絕不可能。」

「也不是完全不可能，米瑞兒。」

一抹真誠的微笑在她臉上綻放開來。瑪莎懷疑她曾放浪不羈。我堅信絕對沒有。

我突然覺得與克羅德的假期受到了威脅。不知怎麼地，這些都和我無關，也和他無關，但自從安娜說了，我就沒辦法跟他走了。

「安娜，為什麼妳今晚對我說這個？」

「因為妳要我拿給克羅德的那封信，妳答應過要聽他怎麼對我說妳。他要妳跟他去海邊，妳也答應了。我知道這對你們的意義，但是我得告訴妳我的立場。」

一陣沉默。

「說下去，安娜。」

「妳記得我在倫敦向妳介紹的穆夫嗎？他也是，我也曾愛過他。」

「妳怎能這樣？」

「沒經歷過的人，都會覺得很糟糕。」

有人敲了四下門。是位俄國朋友，待了半小時。然後安娜看起來累壞了，我建議她明天再說。

「不，我一定要說完。」她堅持。

安娜躺下，我坐在她的床邊。她關掉兩盞最大的燈。她敞開心胸，很慷慨地一一回答了所有我想知道的事情。她變成我姊姊了。她解釋說：「對很多人而言，愛情並非針對某一人所給予之單一而絕對的熱情，而是一種自由；一種日益強烈的情感，有時甚至能促成完全的結合，而這種感情能夠讓人得到滿足，也可能減弱強度，接著再為了另一人重燃。但也可能保持為一種濃烈的友誼。每個愛過的人都是不同的珍寶，是另一個世界的鑰匙。常離婚的富人都明白這點。離婚對藝術家而言代價太高了。我們想要生小孩時才會結婚，有一天我也會這樣。」

「希望如此。」我這麼說。

「我很清楚。愛情，獨一無二？並非如此！是一種肉欲的幻想？並不是！而是一種能夠自然持久的嘗試。四年來，我們沒能好好談談。妳會這麼驚訝，米瑞兒，我一點也不意外。」

安娜很有耐心地向我描述她的生活，愛情對她而言是種解脫；是照耀在她的雕塑和她每一段時間上的光；是我沒體驗過的另一種生活，然而我寧願過自己的日子。我們不再有相同信念。她向我說到馬爾薩斯。

不要小孩！沒有目標！我靜靜聽著，不予置評。這是安娜說的……難道克羅德不也這麼想嗎？

安娜現在沉默不語。但不，如果今晚不說，就永遠不會說出口了！就算她只花了一小時陳述她的觀點，我也該懂得。

一股懷疑穿透了我，我想推開，卻被定住了。我看著她。

「問啊！」她盯著我的眼睛說。

「安娜，妳說有三個男人。第三個是誰？」

「米瑞兒，妳知道的……」

「我不知道！穆夫，尼古拉，還有誰……」

「妳知道……妳知道的……」

「我不知道！」

「我說不出口。」

「是克羅德吧。」

「是。」

安娜聽到我的牙齒在打顫。

安娜對我說：「去睡吧。我好怕，妳弄出那種死人的聲音。」她又捻亮大燈。

我想要起身到床上去，卻猛然倒下，額頭撞到凳子。我的牙齒顫抖著。

安娜幫我包紮流血的額頭，扶我躺下，摩擦我的腳，給我兩個熱水袋。

原本以為我能主宰自己；不被他人左右度過了這幾年，突然間，這麼轟轟烈烈地將心中祕密全盤托出。

18透過安娜 À Travers Anne

米瑞兒給克羅德

一九〇七年五月二十三日於巴黎

知道安娜和你的事之後的幾小時，我在熟睡的安娜身邊給你寫信。她終於向我說了，一點也不怕讓我難受。

這改變了我面對世界的態度。我曾經充滿恐懼，但現在很平靜。我們的親吻已成往事，現在的我已能全然接受。

安娜以為不需明說，我便會明白。其實不然，我在驚嚇中失去判斷力。我曾想到你們可能在一起，但卻不是我聽到的那樣。

她將自己給了你。我首先想到的是，她充滿愛意，答應你讓她了解肉體的愛，接著她又有了別人，但為了一個比較輕率的理由，她還是偏愛你，剝奪我和你在一起的機會。是的，這一切都是錯的！

現在我知道安娜愛你。我不只能夠接受，還覺得很高興。我以前不了解她，忽略了她的寬宏大量。

安娜先愛上你，在威爾斯時發現我們在一起，卻一句話也沒說就放棄了。我的自私令我沒猜出她的心意。她沒取走你的心，卻將你引導向我，像隻優秀的獵犬帶來了獵物。在瑞士的時候，我曾懷疑她愛上你，卻被她無拘無束，氣定神閒的樣子蒙蔽了。她差一點就成功讓我倆訂婚了。接著我們分開了，還有你的決定。

安娜的美，讓你有天一定會愛上她，所以我從不曾對她表示過我對你的感情，然而，剛才卻在她的眼前宣洩出來了。有天你會在我的日記裡讀到這段經過。她必須為你保持自由之身。

過去一年我了解到，在你的臂彎裡我知道你還愛我，但你和安娜之間的愛似乎將我隔離了。雖然不願意，我依然流露出一點愛意。她希望我幸福，不要成為我的阻礙。更糟的是她現在都知道了。但直覺是最重要的。直覺將她推向你，她卻堅持要我別顧慮她。她現在承認這不是出於自願。所以我們根本不可能。

克羅德，你想想，最近幾年，安娜有時和你在一起，當你們兩人的工作允許時，你也愛我，你將自己一分為二，輪流接受我和她。兩個人在一起時，其中一人若不幸福，另一個也無法獨自幸福的。

即使我們的心靈感到無辜，仍然是行不通的。

我不說我們不再相見，我說的是我們無法再擁抱了。

在我的祈禱詞中，我將你們放在一塊兒：「克羅德和安娜」或「安娜和克羅德」，你們在我心中合而為一。

就這樣繼續吧！

安娜並未讓我們分離，而是有了聯繫。我將站在她這邊，比接近你更接近她，我也離你不遠，當我想見你便可看著你。

我試著對你說：「我喜歡發生的這些事。」

安娜累壞了。明早我還會陪她。

你勸勸她，她並未奪走屬於我的東西。

我無法停止愛你，雖然我不再看你。

我終於接近你了，我遇上最後一道不可觸知的柵欄。

向你道過好幾次再見，卻無法實踐。也許我一輩子都會持續見到你，但一部分的我，已在今晚離開了你。

安娜睡了，有時輕輕地用嘴唇呼吸。

一九〇七年五月二十四日於巴黎

無形的力量分離了我們，這股力量並非來自你我母親的介入干涉，亦非物質上的困難，也與我們造成的阻礙無關，而是來自安娜對你的愛。

如果像安娜或我這樣的女人，將自己獻給一個男人，就將成為他的妻子——你想要兩個女人，而且她們還是姊妹嗎？

安娜和我愛上同一個男人，很悲哀，但並不是太奇怪。我並沒有失去什麼：我原本的期待，本來就不會成真。關於沒能早一點知道，對我而言，沒有什麼感到遺憾的。真相會使你得到解脱，這是《聖經》上說的。

就是這樣。一小時後，我就要回英國了。

米瑞兒的日記

一九〇七年三月二十七日於小島

我回到家了。現在是春天。太可怕了，我會發現我的幸福與安娜的重疊。為了我，她離開了克羅德。我將克羅德還給她。我不公平地打擊她。她另外的兩個男人只是消遣罷了。

永別了，六年的日子。我就要去倫敦工作了。

三月二十八日

安娜，我原本不了解妳。現在我知道妳和克羅德，你們相愛——因為當我問妳：「妳還愛他嗎？」的時候，妳無法回答我。

我無須對此不滿，我現在以溫情愛著克羅德。愛情和溫情之間有座橋梁，不是我原本以為的無底深淵。安娜，我剛剛穿上在妳對我坦白那天，我所穿的上衣。我覺得透不過氣，將它脫掉收了起來。安娜，我需要為妳做一些事。

我燒掉克羅德在巴黎寫給我的信。這是我燒掉他的第一件東西。

唯一使我感到羞恥的，就是在克羅德臂膀中的日子，我得為此向他道歉。

三十歲了，這是耶穌開始他社會生活的年紀。我要用自己的方式，恢復我的社會生活。

四月二日

我的勿忘我對我說：「妳為克羅德種下我們，現在他人呢？」

門碰的一聲關上，我瞧了瞧是不是克羅德，這樣的習慣一時間還是改不了。對於過往，唯一安慰的是：不論我的雙眼無法視物，或是安娜為它們付出的犧牲，都無法阻止安娜和克羅德相愛。他們是細水長流，而我只是喧鬧的激流。克羅德，我只能以安娜姊妹的身分見你。啊，我再對你說一次！

我從一些日期當中搜尋。在慕尼黑，我在公園等安娜，她參觀一家又一家的美術館，她想起了你。她以為我不愛你時，早就毫不遲疑地愛上你。我對你僅是愛情的前奏，理當隱藏起來！

我怎會如此盲目？生理的盲目與精神上的盲目不太相關，為了安娜，幸好都結束了。克羅德，我欣賞你保持自我，而且態度果決。想和你在一起的欲望令我窒息，然而此刻必須要有一個我難以承受的徹底分離。

四月三日於黎明

安娜後天到！我開心地穿上本覺得笨重的短靴，彈起鋼琴。我痊癒了。為什麼要無病呻吟？我只希望，安娜得到克羅德。

晚上

我要寵著她，讓她就像滿園鮮花裡的孩童。為什麼不給她我喜歡的東西呢？為什麼我碰巧在她的工作室？

既然我對妳隱藏事實，妳又為何對我坦白呢？

一九〇七年四月五日

我們一起去看手相，安娜獲得正向回饋，而我拇指上的十字表示愛情不順遂。但手相師說：「可以由另一個拇指來矯正。」

但是另一個拇指也有十字。

她對我說：「妳可能會和同一個男人訂兩次婚」、「妳有焦慮傾向」、「妳事業成功，但會時常中斷」。

手相師對安娜說：「很明顯的，妳內心紊亂。妳是建築家。妳很遲才會發現自己要的是什麼，然後會朝著目標前進。妳會愛上好幾個男人，不管別人怎麼說。妳會有幸福的婚姻。」

我看著安娜在我們的臥室走來走去。我不會令她感到難為情，她還是小寶寶時我就幫她洗澡了。她身上戴了一個小徽章，背面刻著：安、德。我想是指安娜和克羅德。晚上她在桌上睡著了，像以前一樣，臉頰貼在手臂上。她在鄉下的生活過得比我還累。我將她帶到床邊，幫她脫掉衣服。她在枕頭上喃喃自語，接著進入夢鄉。我幫她熨燙了洋裝。

不，她沒有因為曾做過的事而被糟蹋，她比我純潔。克羅德某天對我說過，我非常像個清教徒。安娜在睡夢中動了動，緊抓住一些東西，我就這樣哭了。

一九〇七年四月六日

克羅德的親吻，以一種難以想像的軟弱，我讓他這麼做了。在這致命的時刻，我對安娜和克羅德產生罪惡感。

偶爾我腦袋中有個角落會出現恐懼。如果能對克羅德和安娜說明，事情就會過去。但這也可能讓他們很難受。

我的過去包括了死亡、克羅德和我的孩子。但他並不知道。我看著他們。這裡就有一個，個頭小小的，血淋淋地橫臥在床，面孔朝下，雙手冰冷。還有其他的……

我是多麼愛他們！

四月七日

在家裡，我是個被放逐的人。

不是因為一堵牆被隔開，而是因為一扇上鎖的門。

如果克蕾兒知道，她會怎麼做？

四月八日

我們看到現在，卻不了解現在。未來將打破所有模式。什麼都別預想，讓果實自然成熟吧。

我不再禱告說：「神啊，幫助我不再見到克羅德。」我要禱告的是：「我天上的父，幫助我成為克羅德恬靜的姊妹，幫助我們不要做出任何會讓安娜難過的事。」

一九〇七年四月九日

我走過豬圈，某一天就在這裡，克羅德曾經沉浸在愛情之中。

我朝著放棄的選項而邁進。

如果不可能完全結合，就該好好約束肉體。靈魂的愛戀會一直持續到肉體消失，甚至之後。

肉體的歡愉不願注視著靈魂。

克羅德不愛區分兩者。

我們的生活像沿著河、順流而下的樹幹；有時一起貼緊漩渦，有時疏遠，或者孤立一段時間。偶有其他樹幹，對我們之間有一股吸引力，也有撕扯之痛。一捆樹幹繼續順流著，但往哪兒去呢……

米瑞兒給克羅德

一九〇七年四月十一日於小島

我還是要為我們深長的吻請求你的原諒。我想抹除這個吻的記憶。

你的信中提到籬笆。有籬笆就一定有道路，而我倆之間，已無路可走。

我愛你超過七年的時間。前兩年像姊姊般地愛你。你給我的愛比較多，但我拒絕了。接下來的五年，我陷入了。你毫不知情地以航海繩索拉住我，繩索將我拉向你。在那兒我發現安娜，她身上的火，還有你，你們身上的火。火終於將繩子燒了。

純粹的愛情得以存活。

我們都還未滿三十歲。有一天，安娜、你和我，又將重聚。

安娜不屬於我，她愛一個男人更甚於我，但他不懂這是塊珍寶。那個男人，就是你。你內心的親密感甚至讓你看不見她。

一九〇七年四月十二日

你說，我沒有感覺到一種滿滿的愛，一種可以翻轉一切的愛。這是真的，也很嚴重。安娜很能了解這種愛。她和我一樣認為：「一個女人成為一個男人的妻子，並非經由儀式，而是經過等待和放棄。」

在我和她眼中，安娜是你的妻子。

我們三人之間再也沒有祕密。

安娜給在慕尼黑的克羅德

一九〇七年四月十三日於巴黎

我很高興你在巴伐利亞過得很開心。米瑞兒寫了很多信給我，她重新找到自己了。我很難早些向她開口，為了她，我要回家一趟。

之前我想見你，不是因為我有話對你說，而是為了想和米瑞兒在一起時，還能在思緒中清楚保留你的樣子。

昨天有個著名的俄羅斯慶典，我打扮得像個小男生一樣。我好想你，也很想念穆夫。

我是你的安娜。你想見我嗎？

一九〇七年四月二十二日（從小島到慕尼黑，給克羅德）

我向米瑞兒說你曾邀我和你會合，說我向你要求延遲十五天，因為母親不在時，我要陪在她身邊，我對她說你因為工作的關係，得到維也納去。

你無法想像她多失望和生氣……她要我發誓絕不再犯。儘管她當時單獨一人，但她仍對我粗暴地咆嘯。她讓我講了好久有關你和我之間的事。我盡可能地向她描述我們那十天的日子，不過，我並沒依她的期待，對細節深入地描述。

我躺在你睡過的床上，米瑞兒在隔壁房間寫信。我們更接近對方了。她對你的愛從我身上經過。她要你和我，我們一定要完全為對方著想。

穆夫的妻子寄來一封可愛的信。

我的克羅德，我們很快就會再見！

五月一日於小島（給在匈牙利的克羅德）

我們又找到另一個機會，不是嗎？你現在更遠了！

相隔很長一段時間後，我原本怕你只能靠感覺來愛我了。然後我的擔憂消去，因為我對你有了新發現。

一九〇七年五月二日於小島

克羅德！我搞錯了！米瑞兒很不幸福！就算是微不足道的小事，只要能證明她的不幸福，她經常會選擇逃避。她現在只有瑪莎和我了。只要我們相愛，她就不會讓自己朝你而去。

我可能會嫉妒一個和我相似的女人，但米瑞兒與我並不相似。如果我不和你在一起才能使她幸福，你知道的，我已經做好準備了。她太愛我，因為你的緣故，又多愛我幾分。我寧可少一些，因為這太不平等了。我給她的愛並不足以滿足她的需要。除非我墜入愛河，否則我會無法和對方分享所有的想法，也無法和他度過所有的時光。

一九〇七年五月三日

米瑞兒似乎重新找回了平衡。我們有新管家，讓米瑞兒解脫了。她不知道自己要做什麼，只確信不是我們讓她這樣的。

我們談到你們兩個。我向她表示自己因為你們不能一起回英國，而感到無比惋惜。原本你們可以藉此更完全靠近。她說：「的確，但我確定現在更不可能這麼做了。」

至於我，我雕塑了自己的臉，一副抬頭沉思的樣子。

要是夏天不能和你在一起，我會很痛苦。

一九〇七年五月九日

米瑞兒自問是否可以再當你的好姊姊。你會接受嗎？她說你從前的愛被挑起，也是很自然的事。

她還有後續的信條，每次都要硬加在我身上。總是為了某些重要的原因，她改變了主意。我們有點受騙了，她也一樣。

太過信誓旦旦會令人懷疑，我對她最堅定的說法感到懷疑。

克羅德，我們這個夏季見！

在小島的米瑞兒給在巴黎的克羅德

一九〇七年五月十日

「我的命運已與你斷絕關係。」儘管我不住地對自己這麼說，還是枉然。因為我們與安娜的關係太緊密了。雖然你我沒有直接關係，但因為安娜，你成了我生命的支柱。我唯一剩下的就是她了，如今我用著緩慢的步調度日。

安娜想要疏遠我。她看我哭泣當然會安慰我，但她很少邀我到她的大床上一起睡。當我感到無比恐懼時，我伸長了手，輕觸熟睡中的安娜，和她一起睡。想像中，我感覺到你在那兒，正傍著她，多虧你們兩個，我才不會那麼不幸。

夜裡，什麼欲望都沒有，卻讓我難以負荷。

沉重，是因為需要你，卻不想擁有。你曾經活在我心中及我的家裡，帶來了熱和光。但現在你只是一道冰冷的陰影。

欲望對我而言，即是對於安娜的期待。有時我堅持要她對我說你們在湖畔的日子。她總是輕描淡寫。

五月二十一日

我半睡半醒，拉起窗簾，不讓月光喚醒安娜。玫瑰的枝幹輕拍著門窗玻璃。

我原本準備好要飛向你。我們原本可以互相了解的……

我可以給你們兩人什麼呢？你們像我一樣愛得太多嗎？

哪個女人的妹妹像我的一樣？

我擁有你們，所以我是富有的。

……我像一團從海底拔出來的海藻，在平靜的水中漂浮，沒有根。

一九〇七年五月二十二日

我和安娜出去，一直到海邊，到那片你我曾跳著舞的沙灘上。

我攤開裝在籃子裡事先熨燙過了的白色亞麻布；安娜揉玩她的沙。這樣都很清楚了。一旦我不再試著了解，就完全懂得了。

與其說：「到底何時才會結束？」現在我會說：「三十歲真好！」

我的人生，就是安娜和克羅德。

你讓我們感動。你是誰？

安娜給克羅德

一九〇七年五月二十三日

是你的信：我給你一個吻！

我向米瑞兒提出關於她的「習慣」問題。她告訴我，整整有十八個月，當中都沒有再犯。而後有兩次的失敗紀錄。那兩天，她因為幫忙收藏乾草體力幾乎消耗殆盡，讓她十分疲倦。現在她知道「習慣」發生的物質誘因了。

一九〇七年六月一日

那一天，當米瑞兒因為屈服而感到絕望，我心裡認真地想著，她並沒有犯下什麼嚴重的過錯，與此同時，我想將手掌攤平，放在她的小腹上。不過，我無法決定是否真要這麼做。就算身體接觸的時間並不長，然而無論對她，或是對我而言，這種接觸在我們之間是不可能發生的。

如果我對一個女人有欲望，那麼必定會馬上行動。不過，我從來沒有這種欲望。

我不喜歡親吻米瑞兒，因為這像是親吻我自己的手臂。

昨天，一位手搖風琴家到我們門口表演。米瑞兒給了他一枚硬幣，然後獨自到屋後草坪跳起舞來。她並不知道，我正從我房間裡的窗子看著她。她的動作緩慢、柔軟又高雅。直到她跳完舞，我的視線都不曾離開過她。我會試著以跳舞中的米瑞兒為藍本，打造一尊雕像。

六月十九日

米瑞兒，就像是緩慢的死亡，還試著發出微笑……

她可能只會愛你一人。

我可就不同了！

我變更所有計畫，包括了我們的夏日假期。

我知道你會體諒。

六月二十日

穆夫沒回信給我，讓我心裡挺難受的。

他正在旅行當中。我接過他的來信。他和妻子邀請我到高加索去，我接受了他們的邀請。

七月中的時候，我會在巴黎停留兩天。

一九〇七年六月二十一日

我替她擔心將來。我想將自己從你們之間抹去。

為什麼你不愛她？

我不知道，當我到巴黎的時候，是否會對你心有所屬。儘管如此，我還是想要見你。

米瑞兒給克羅德

六月二十二日

我們的安娜正睡在我身旁，她張開了一隻眼睛。我對她說：「生日快樂！」她開心地笑了，笑容中還帶有睡意。她突然想起今天是她的生日，除此之外，她還憶起我的生日，以及你們的婚約紀念日各為何日。

一九〇七年六月二十九日

我和安娜躺在大床上。安娜已睡著了，而我的睡意偏不來襲。我輕輕地起身走到花園。外頭的空氣清涼，天色黑暗。覆蓋在門廊上的玫瑰，隨風搖曳。有個柔嫩的東西輕撫著我的唇。是你的嘴嗎？我輕輕地咬下。花瓣有著苦澀的味道……我踮起了腳尖，讓自己到達你的高度。然而，我再也沒遇上些什麼了。

六月三十日

現在是清晨五點。猜猜看我在哪裡？我正坐在花園深處的柳條椅上，就在小橋旁邊。一縷輕煙從農舍的屋頂上裊裊升起，而後往南飄，想必是朝著你的方向而去。在我的左手邊，透過薄霧可望見一整排的蜂箱，共有十三個，其中還包括一個分出的蜂群，是我、安娜和你捕捉來的。這個蜂群已經十分龐大且機敏。昨天我才從蜂箱之中認出來，心想早上它們應該已經休息了，結果完全不是這回事！一小時之後，我將蜂群翻倒，讓它們在白色床單上胡亂鑽動，完全忘了必須等到夜晚才可以這樣做。

聚集成球狀的蜂群散開來，攤在床單上，就像塊紅色地氈。等到太陽照射在蜂群上，它們開始飛向他處。我等著蜂后那小小的腦袋下決策並發號施令，然後便可以追逐蜂群。

我織了一件毛衣給安娜，同時準備了星期天的授課內容。在晨曦當中，我覺得自己更向你們靠近了。

安娜將你的信交給我。

米瑞兒給克羅德

一九〇七年七月一日於小島

你今年聽過安娜拉小提琴嗎？自從我們的音樂老師宣稱她是所有學生當中，最有天分的一位，她簡直就要飛上天了。

我們的老奶媽告訴我：「妳和安娜總是形影不離，就像是對雙胞胎。米瑞兒，妳總是受到比較多的注意，而妳會因此表現得更令人注目。不過當妳們之間意見不合時，安娜會向妳解釋，然後，妳會讓步。」

我在裝有幼時照片的箱子中翻找，找到了兩張安娜四歲時的照片。照片中的安娜看起來滑稽，並且已經很有想法了。我將照片拿給母親看。

我沒有什麼自尊，也沒有什麼祕密，幼時的我，是所有嬰兒愛好者的朋友。

安娜性格封閉？沒錯，大致上的確如此。然而當她敞開心胸時，便成了一個令人大為讚嘆的女孩。當她結束了東方之行，會以什麼樣的面目出現呢？給你四封她寫來的信。這已經過她的同意。

一、萬一她這麼告訴你：因為我需要她，就像她需要我一樣，所以她不能向你靠近，雖然她已經這麼對你說過了，還是請你知會我一聲。

二、萬一你們沒有足夠的錢一起去度假，我很樂意立刻匯錢給你們。

七月二日

安娜和母親從倫敦回來了。她們看了蕭伯納的戲劇。安娜絮絮叨叨地對我敘述劇情及倫敦見聞。我沒注意她說了什麼，只是聽著她的聲音。其實，她並不是在對我述說這一切，而是對你。她靠著的不是我的肩膀，而是你的。我試著接受你們在一起的事實。我是個成熟的女人，愛著自己的兩個孩子。你的頭髮亂蓬蓬，你的嘴唇有著她隱藏的表情。一個星期之後，你們兩人就在一起了！

一九〇七年七月四日

儘管我的心因為充塞了對你的情感而鼓起，但是我仍極力想對安娜保持忠誠。我內心含有的任何情緒和思想，都不該傷害安娜。

這是我最近的夢境：夢中我跪在帶耶穌像的銅製十字架前，安靜不發一語，以致於後面進來的安娜和克羅德沒有發現到我。他們笑著，而我屏住了呼吸。我可以給我失去的愛人一個親吻，而又不對他心愛的人造成傷害嗎？

我將臉湊近了俯著身子的安娜。她先是輕輕給了我一個吻，然後像平常她所做的一樣，輕咬了我的臉頰。你的手圍著她的肩膀，她的手則環抱著你的腰。我將臉朝你湊過去，我的身子太低了，而你的頭部太高，於是我拉高身子——我的嘴唇感到一陣渴望。四周籠罩的霧氣漸漸變濃。你不想要。我的周圍只剩下一個陰暗空蕩蕩的大房間。房間裡有一些安娜的肖像正散發著光芒，並且逐個嵌入牆壁。很快地，大房間和安娜的肖像憑空消失，留下我在青空及上帝的統轄底下。

耶穌基督也無法將克羅德給我。

安娜給克羅德

七月四日

我星期一抵達巴黎。如果我們都覺得可以，我會和你在巴黎共度兩天。

我不喜歡離開米瑞兒。

我們是姊妹這件事，並不是你的錯。

我們三人都不夠大膽。

你從來就不會堅持什麼，也不會為自己爭取什麼。你讓我們自由做著想做的事情，就算立即離開你也無所謂。我很欣賞你這一點。你只會馬上到圖書館去尋求慰藉。和我們相比，你寧願選擇圖書館。

在我們比賽抱小豬的時期，我曾想過有那麼一天，我們三人能夠一起躺在我那附有篷蓋的大床上聊天，那麼就算聊到深夜也無妨。如果我們都沒受過任何教育，這樣的舉動應該是件很自然的事。

隨後由於我想像你和米瑞兒之間已經有了什麼，於是有了退出的念頭，好讓你們能夠獨處。我相信她也有過讓我們獨處的念頭。

自此之後，所有的念頭都以自己的方式實現了。

我不會因為你在同一天吻過我們姊妹兩人而感到難受。但是，如果你和我們之間的某一個共處了幾個星期之後，換另外一人，結果當你和我們其中一人在一起的同時，心卻向著那個即將到來的人，那麼，對我而言，這才是一種折磨。

我應該試試看才知道。

有兩個星期的時間，我同時擁有了你和穆夫。然而對我來說，這是全然不同的事情，而且時間點上也並未重疊。我並不是故意要這麼做的。這是我人生路上的一個轉折。

一九〇七年七月十二日於維也納

當我抵達巴黎，你在車站等著我。我預計在巴黎停留兩天。整整兩天，你一直守候在我的身邊。像往常一樣，我總是下著決定，而後便為此決定而後悔……不過，為了不讓自己養成習慣，我需要一層保護。

於是我放棄了與你共度的夏日假期。

我們自由地攀上高處，如同神將我們創造出來的樣子，我們以自己的方式汲取智慧。你就是我的造物主。

我錯看人了。我錯看的是在心裡生長著的那個人，不是你。

別為了將我丟開一事而感到後悔。

你給了我某一部分的你，而我要將這一部分獻給米瑞兒。

如果你給了我更多的你，那麼我或許就無法將自己得到的你獻給她。

七月十三日於維也納

我現在正坐在你介紹的藝術家咖啡廳裡。這裡的牛奶咖啡，風味獨特。一位奧地利青年想與我同桌，徵詢我的許可。我回絕了，我寧願一個人。

有三個年輕的女人，其中一個長得十分漂亮，興高采烈地在我的隔壁桌坐下。她們問了我一些既滑稽又唐突的問題。當我離開了你的臂彎，總是能受到許多人的歡迎，你在我的眼底將一個奇特的幻想點燃，而幻想一旦燃起，只會慢慢地熄滅。旅館主人拿給我一張晚餐邀請卡，上頭字跡工整。原來是那個年輕人的邀約。我拒絕了。

你的安娜在這家咖啡廳裡，既不能寫信，也無法聽音樂。我走出了咖啡廳，到另一家去。當我走在路上時，那個年輕人追上了我，要求我答應讓他作陪。他的態度十分有禮，而我的態度堅決。他對我深深地致意，然後離去。我連一點恐懼的感覺都沒有。

我心裡只裝得下你。很快地，我的心裡將只有穆夫一個人。不過那是另外一回事。

一九〇七年八月二十四日於高加索

這裡的山丘從上到下，全都為矮樹林所覆蓋，而樹林在山谷溝壑之間隨著地勢起伏凹折，就像是一層皮膚。大草原也是令人難以想像，你一定會覺得這片景觀非常壯麗。

我越來越喜愛穆夫。他的妻子即將到來，我要認識她，也很高興能夠有機會認識她。然而這是件大事。

穆夫的母親是位善良又能幹的婦人。我們每一餐都在他母親的大房間裡，和朋友一起享用。在這裡洗澡不用穿衣服。

我是可以再多寫一些，不過你可以想見得到，這裡有太多事可以寫……

米瑞兒心情傷悲，寫信給她吧！

一九〇七年十月二十六日於高加索

我喜歡穆夫的妻子，而她也喜歡我。

穆夫的妻子有女主人的架勢，獨立，具有判斷力，體格和丈夫一樣健壯，髮長及肩，跑起來像個男孩一樣。她抵達的時候，我心裡覺得很難受，也讓我對穆夫的愛情產生懷疑。不過，這都過去了。他們倆彼此相愛，也能給對方完全的自由。我很尊重他們的相處模式，所以和他們商妥，在彼此保持友好的關係之下，從他們的生活之中完全抽離（十一月四日時）。

他們的朋友當中，有一位才剛來不久。這人讓我頗為好奇。

米瑞兒寫信給我。她要我讓你相信，她並未受苦。

亞歷斯即將與母親和米瑞兒，一同負責管理戴爾先生的示範農場。

米瑞兒給克羅德

八月十五日於小島

你在遠方，很少來信。當我還是小女孩的時候，曾幻想自己有個愛人，而他便是我活下去的理由，而你正如同我幻想中的愛人一樣不真實。遲早我會再見到你，屆時，我無論是在想法上或是行為上，都會將自己視同你的長姊。

一九〇七年九月二十五日於小島

安娜身在遠方。我坐著，手裡拿著鉛筆，不知道要給你寫些什麼。我想用指尖輕輕地撫摸你，讓我在你的身旁放鬆一下吧！今天一整天家裡只剩我一人，真是讓人高興。月亮從穀倉頂冉冉升起，或許安娜在遠處正和我一同看著月亮。克蕾兒也喜歡月亮。如果她對安娜的心意能夠改變，那該有多好……

我騎上自行車朝沙灘前進。我方才在海水中泅泳。你聽見浪花的聲音嗎？希望我們三人能夠一同在這裡。

一九〇七年十一月一日於小島

黑夜來臨，黎明就不遠了。我做了個夢，夢見我坐在矮桌前，離壁爐很近；而你坐在地上，背靠著矮桌，注視著爐火。我喜歡這樣的寧靜以及你別過去的臉孔。你有著女人的身體曲線，還穿著黑色絲質大衣，然而，那的確是你。你問我要什麼，我彎下腰，而我的手向著你的手游移。

我驚跳了起來，大喊：「安娜！安娜！」同時，右手還拉著自己的左手不放。

聽見牛群在原野上走動，教堂正傳來四聲鐘響。

諸聖瞻禮節到了。我的父親與神同在天國。他看著他的兩個女兒，了解她們心裡的想法。你喜歡他的照片。我想像你們兩人進行了一場對話，看見了你們的笑容。

安娜給克羅德

一九〇八年一月二日於高加索

兩個月的時間過去了。現在我對那位新來的人感覺還不錯。不過一切還是那樣混亂不明。我還不知道會有什麼樣的變化。

米瑞兒問我，我在旅程當中寫給她的信，是否可以借給你看。如果你想看，當然可以——我原本不想浪費你的時間。

米瑞兒希望我能毫不保留地全心愛你，如此她便可放下對你的感情。可是克羅德，你並非我的目標，我也不知道我們的未來在哪裡。我們見面次數太少了。有時我對你的態度並不公平，儘管如此，我們最後的一次相聚已經在我心上留下不可抹滅的記憶。

寫一封語氣親暱的信給我吧！

米瑞兒給克羅德

一九〇八年二月二十三日於戴爾的示範農場

今天是星期日！我見到了曙光，而你看不到！

我的狗閃閃在門前低聲嚎叫。有兩次我打開了門，試著讓牠明白門外並沒有人。沒有用，牠又開始叫了。誰在門外呢？

安娜總是將東西忘在角落。她已經很努力地收拾了，可是這件事與她的本性不合。老裁縫下了個評語：「她的性格太藝術家了。」

在學校的時候，她總是先考慮一下，才跳入游泳池中。大家以為她怕水。接著只見她攀上跳水平台，然後從跳板一躍而下。

二月二十七日

主動出現的事物要如何揀選呢？應該試著了解還是任其存在呢？選擇，這需要多大的努力啊！

當你出現在我的思緒裡，我感到全身鼓漲，彷彿變成了一朵浪花。

我負責管理母雞群。現在的我，感覺自己與母親、亞歷斯還有英國鄉村緊緊相連。我想念我在倫敦照顧的窮人。

一九〇八年四月二日於戴爾的示範農場

離開我們親愛的島嶼，對我們而言，這是多大的變化啊。

我們與同屬這世界之人作鄰居，並且十分親近，他們也會隆重地登門造訪。如果他們來的時候，我正巧忙於工作，那麼直接穿著園藝工作服見他們即可。

我並未擁有安娜和你——我不需要任何人。

倘若我不知道你們是那樣地誠實，如今我將會崩潰。

19 安娜結婚 Anne Se Marie

米瑞兒給克羅德

一九〇八年五月五日

一個令人難以置信的消息：我們的安娜訂婚了。他的名字是伊凡。她會來這裡十五天。希望他配得上安娜！

一九〇八年五月六日

我們曾經一同想像你有個來自北歐的年輕妻子。有一天你會對她伸出你的手。如果你像對她一樣地對我伸出你的手，那麼我會顫抖著奔向你。

當然，這不會發生。我現今的生活已經充實又愉快。

克羅德，千萬別認為你對我造成傷害。相反的，你曾經為我冠上一圈戀愛中女人所擁有的光環。

一九〇八年五月九日

我哭泣著將自己摔向床上，呼喚著你。喚著的是你的名字而非安娜，因為我比較不擔心傷害了你。

我是怎麼了？因為我的小火雞死了。我畜養雞群，最後演變成一場悲劇。總有些初生的雞仔天生畸形或是生病，但我無法全數救活。我延長了某些雞仔的生命，卻也有幾隻在我的助手手中死去。如果小雞失去了母親，迷了路，就有可能被其他雞媽媽啄腦門而死。我的小火雞曾經被自己的母親用爪子踩扁，所以我將牠託給另一隻母火雞照顧一晚。當小火雞痊癒之後，我又將牠放回母親身邊，結果母火雞因為小火雞的行動過於遲緩，或者基於其他理由，又將小火雞給踩傷了。這一次我費盡心血治癒牠，然後交給助手照顧。我的助手將小火雞放進孵化器，沒想到溫度過高……今天早晨，我將小火雞帶上我的床，用一塊布墊著牠。牠掙扎了一會兒，便斷氣了。

飼養動物竟是為了吃掉牠們！

一九〇八年五月十日

今天是星期日！我花了一個小時，跟安娜還有你，三個人……一起在森林裡。我們靠著山毛櫸坐下。地面上的枯葉，鋪成了一條地毯，帶著你知道的顏色……在枯葉之間是細軟的草皮，顏色綠得生硬，莖葉筆直伸展……還有木堇！克羅德，你知道嗎？在我的心中，還有一件事，是我真心想要為彼此所做的，那就是……如同這些樹木，著上了閃動著陽光的透明樹葉。我想要為我們穿上愛情的衣裝。

我從未如此賣力工作過。今天晚上，我寫信給你和安娜，明早一定累壞了。

亞歷斯、母親還有我，我們不會住在這裡。這裡太過現代化。雖然沒有時間，但是我們希望能夠見面。我放棄飼養家禽，或許這是屬於男人的工作。亞歷斯清晨六點便出門，到了晚上十一點還在管帳。他曾經趴在桌上就睡了，也不再對我們養的狗說話。撇開這些不談，亞歷斯的經營管理倒是十分成功。

我用打字機寫信給你。畢竟不應該讓母親瞎操心。

厚實的樹木，加深了你的陰影
你不知道如何讓自己足夠昏暗
因此無法掩藏我不幸的愛……

這段歌詞，是否讓你憶起劇作家呂力的歌曲？

孔雀叫喚著我。時光流逝。一場傾盆大雨即將朝我撲打而來。我還沒對你說到重點，那就是，我不明白為何你在信上提起安娜訂婚的消息，口氣顯得十分愉悅。別試著向我解釋。

生命是無法拼湊的片段。

一九〇八年五月十七日

我來唱一首蘇格蘭的古老歌曲——

啊！誰願意上沙丘？
啊！誰願意同我一起騎馬？
啊！誰願意跳躍與奔跑，
為了贏得一位好姑娘？
母親關上了門，
父親保管著鎖匙。

然而沒有任何鎖、任何門閂、任何門，

可以讓我的強尼遠離我。

安娜和伊凡在這裡。他們相愛。這是他們相聚的最後一個星期天，伊凡必須獨自回到自己的國家一段時間，好賺錢供兩人生活。你覺得如何呢？

伊凡品味著幸福，然而他即將嘗到空虛的滋味……

一九〇八年五月二十二日

克羅德，以下是我今天的禱詞：「神啊，請允准罪人去愛你所決定的事物。」

愛我所擁有，而非為我之所無的奴隸。

然而在艱難之中，望見了幸福的存在，是件沉重的事。

一九〇八年五月二十四日

我差一點就去了巴黎。只差那麼一點。

克羅德，如果你見到我獨自一人，請用我以往對待你的那種冷峻方式，來對待我吧。我試著將你視為我的弟弟，然而我不再覺得自己是你的姊姊。

你知道……不！你不會知道的！

當安娜向我說起你們的事，我總覺得她說出了我們三人之間的事。

我並不怕你，而是怕我自己。

你曾對我說：「假如我們的愛情無法持續到最後，那麼，我們就不要再見面了。」

為了將自己奉獻給你，我甚至去了英格蘭。那時就道德而言，我是你未公開的情人，就我自己而言，我是你未來的妻子。

那麼，克羅德，什麼是愛情？

你的來信令我昏眩。我的雙臂圍著你。多希望神能將你留住！

沒有你，我的日子也能過下去，就像是沒有眼睛、沒有雙腿，日子也能繼續過下去。

「沒有你」，這只是一種說話方式，因為你一直都在，只是不再屬於我，就像你所做的那樣。

我讀克魯波特金[26]的著作。在這些女人當中，我覺得自己就像隻綿羊。

一九〇八年九月二十二日

猜猜我在哪兒？

我在那座尖頂丘陵之上。方才和我們一起照顧過的朝鮮薊在一起……我從那裡逃開，然後在這個地方用起了午餐。閃閃從我眼中讀出了我的心思，牠吠叫著表示同意。閃閃啃了牠的狗餅乾，陪了我一會兒，然後為了追兔子，跑得不見蹤影。

我望見那座池塘……就在這裡，幾乎在我的支配之下，我曾經擁有了你……

你只屬於我……而我卻不要你。

安娜給克羅德

一九〇八年七月二十九日於匈牙利

在不斷的掙扎當中，我已經有五個月不曾提筆寫信給你。

在你出外旅行時，我曾經寄給你一封內容洋洋灑灑的長信，這封信卻未能到達你的手裡，我為此頗為傷感。現在這封信正在郵局待領，我會試著將信領回。一直沒有你的消息，讓我頗為擔心。米瑞兒是否向你說過我的事情？

我即將與伊凡結婚。他是位石匠，我從前在巴黎的時候便認識他了。他不會說英語和法語。不過當我走入畫室時他總會十分高興——這太明顯了。我重新發現他的好。我們的愛情遲疑了好一陣子才開始。這段期間他讓我心力交瘁。我愛他，但是我不想結婚。

我和他在一處偏僻的角落共度了兩個月，然後我又回到島上，想要隔著距離觀察沒有他在身邊，自己的日子將會如何。我發覺我們的愛情——尤其對他而言，無論如何都是一輩子的事，所以我願意嫁給他。

我們即將結婚，你可以想像得到嗎？

他在他的國家從事石業經營，工作地點是在高山上。當他有空時，便會自己親手挖鑿並且修磨石塊。他拉大提琴的技巧高超；當他感到痛苦，可以完全地對我傾吐。這是他的照片。因為他的關係，我不再屬於你了。

亞歷斯堅持婚禮一定要在家裡舉行。母親對她未來的女婿頗為喜愛，我想，你也一樣會喜歡他。

一九〇八年十二月三日於小島

我曾經很愛很愛的克羅德……

就這樣，我已經結婚了。我從來沒想過會將自己長長久久地許給一個男人。

儘管我懷疑未來是否能和過去一樣，但是我很幸福，有時甚至是非常地幸福。

我先生對我的愛是沒有限度的。如果我和別的男人交往，將會讓他徹底崩潰。他懇求我千萬別背叛他，否則，他會殺了我。他可以從任何與他相關的事情當中，察覺出我的心思。他讓我感到驚喜。

這像是一條鎖鍊，可是我喜歡。

他的自私和自然，並未受文明教養所減弱，也因為這種個性，才會讓他有束縛我的需求。我就是愛他這樣。

希望我們之間能長長久久！

一九〇九年三月十五日於波蘭

經過激烈的爭執之後，我現在正在靜養中。他簡直要將我整個人撕裂了。

由於他的關係，我病了兩個月。起初病情頗為嚴重，到現在身體仍然虛弱，連走過自己的房間都覺得吃力。

米瑞兒來這裡與我見面，並且照顧我，像個天使一樣。如果沒有她，我什麼都不能做。現在輪到她高聲誦讀書信給我聽，每次一讀就是好幾個小時！基於本能以及意願，她現在越來越能為其他人犧牲奉獻，變得不再那麼像座強悍、封閉的堡壘了。目前唯一能引起她的興趣者，就是她以往愛過、認識過的一切。等到我康復的那一天，她就要立刻回到英國。到現在為止，她連這裡的城市街道、劇院、演奏會，甚至是博物館，都還沒參觀過。

她已經不再冀望自己的眼疾能夠治癒，沒想到奇蹟發生了，她因而變得虔誠。若非她的其他德行讓我折服，我們一定會漸行漸遠。

你不去看她嗎？

母親因為伊凡愛戀著我而愛他。我不知如何讓你明白，我是多麼地受到珍愛，連我自己都不敢相信有人可以如此受寵。

伊凡開始相信我愛他，並且為此感到高興。

然而我的目標並非被愛。我一直無法喜愛那些太過愛我的人，而今，我卻嫁給一個愛我愛得發狂的男人。我只能順服他。

你曾經愛過我，不過從來不會愛得太多。

因為你對我們毫無所求，而且需要著我們，所以你才能贏得我們兩人的心。

在分離的那段期間你如同修道士的談話內容，著實讓我們大為讚賞。你應該可以在必要時做到忠誠，然而，如果我們准許你做一些事情，就算沒有親口說出，你也會做。你真不是個理想的修道士。

當你每次造訪都能讓我們滿意好些天時，我們之間已經達到了我們所能達到的頂點，直到我需要更多；直到我發覺你不需要更多。

你的來信中寫著關於我們最後的相遇，讓我又驚又喜。

我想過要嘗試激情火焰的滋味，是你將我點燃。儘管你如此做，仍然忽略了我的火焰。其他三人更試著將火焰吹熄。

擁有火焰，並不能保證得到幸福，然而沒有火焰，則是必死無疑。這也是我為何對米瑞兒不滿。

米瑞兒給克羅德

一九〇九年四月七日於小島

喔，克羅德！你今晚的來信……嘻嘻，我來了。

譯註26——Peter Kropotkin，1842-1921，俄國作家、思想家，崇尚無政府主義。

Quatrième Partie
Muriel

第四部
米瑞兒

20 那三天 Les Trois Jours

克羅德的日記

一九〇九年四月十五日於巴黎

米瑞兒抵達了車站，手中提著兩個行李箱。一個裝的是日常用品、衣物，另一個則裝著大塊的鄉村麵包。她用自家種的麥子親手烘烤而成，焦度剛好。在我們玩著抱小豬的時期，我曾見過她手擀麵團。看著她將前臂伸進麵團裡，將麵團灑上麵粉。當我也試著擀麵團之後，才驚訝地發現，這需要費上挺大的工夫。米瑞兒伸展著全身肌肉，我想像著她的曲線，想要用嘴唇摘下黏在她皮膚上的麵粉塊，我呼吸著她和麵包散發出來的味道。爐嘴是圓形的，火光讓我視線不清楚。米瑞兒捏製出來的麵包形狀怪異，看起來像是襁褓中的嬰兒。

我將鼻子湊近麵包，深深地吸氣。米瑞兒笑了。

米瑞兒請求我將她和她朋友閃閃的合照，從錢包裡找出來。畫面裡閃閃有著一對長耳和粗肥的腳掌。牠看著米瑞兒的眼神，就像看著一位志同道合的好友。

一張小小的雜誌剪報掉了出來。我讀了內容——

「既然世界上將有貧困以及遭到拋棄的孩童，那麼一位基督徒就必須照顧這些孩童，並且避免造成其他孩童面臨相同處境。」

托爾斯泰

我將剪報放回原處。

眼前我們有三天的時間。外面氣溫低，壁爐的火光跳躍。米瑞兒坐在地上，背靠著大沙發床。她脫下了鞋子，將裸露的腳往火焰伸去。她叉開腳趾頭，好讓每根腳趾都能烘暖。我學著她脫鞋，並且將腳伸向爐火，不過我無法像她一樣地將腳趾頭叉開。

我們肩並肩，注視著爐火。在這時刻，我們會做什麼事呢？保持理智嗎？

我扳下一大塊麵包，放到爐火上烤得黑黑焦焦的，我們兩人啃著這塊麵包，而桌上的簡單菜餚，我們連一口都沒動。我大可以將麵包切片，放到烤爐去烘烤，然而如此一來，就必須移開我的肩膀。我們還用同一個杯子喝水。

如同在迷宮之時，我又看見了她手背上的肉渦。我還能感受得到，當我們玩著擠檸檬時，她背部傳來的感覺。

坐在爐火之前讓我感覺太熱。我起身脫下外套，披在兩張椅背其一之上。米瑞兒跟著我，脫下自己的小外套，披上另一張椅背。我再將脫下的毛衣與領帶摺好，疊放椅子上。米瑞兒也脫下毛織緊身上衣，摺疊好放在椅子上。我脫下米色襯衫，米瑞兒則脫掉自己的淺綠色襯衫，將襯衫摺好。我們一語不發地做著最重要的事情——擺脫任何將我們隔開的東西，因此在必然情況之下，她從頭至尾重複著我的動作。

我繼續脫下衣服，摺疊好，直到全身赤裸，米瑞兒也是。就像是一齣馬戲團的節目。爐火溫柔地映照。有一瞬間，我彷彿看見一位北方的小維納斯站在眼前。

我想扯開床上鋪著的床罩及毯子，因為床鋪得太緊，只扯下了一半。米瑞兒鑽進被窩裡，全身蜷緊，然後用她的腳將毯子與床罩打開，挪了個位置給我。我們蓋上被單，全身縮進被窩裡。

七年之後，米瑞兒終於成為我的一部分。琵拉和安娜的身影在我心中，已經越來越模糊了。米瑞兒就像初下的雪，讓我輕柔地握在手上，就像要捏成一個雪球。以前我不知道何謂堅定。米瑞兒就像物質的另一種狀態，給了我一個目標，就是——她。

她沒有任何抗拒，任由我動作。我感到無拘無束。她的耳朵比我的更充滿肉欲，因此才戴上偽裝的盔甲，避免顯露出肉欲的一面。

我總是對她的脖子有著遐想，這是她身上唯一可以任由我觀看而不被發現的部分。過去我想著：「是否有一天，我能夠親親她的脖子？」現在沒有必要再問這個問題了，她露出整個脖子，任我親吻。

她就像經過一次漫長的朝聖之旅所獲得的神蹟。我們不需要擔心時間的流逝。我現在可以任意抱住她的腰，而她也可以不用再作夢了，因此我開始用牙齒和嘴唇，細心地品嘗她全身。我一直看著她，怎麼看都看不夠。我們兩人就像一朵雲，伴隨著緩慢的渦流飄著。她已經三十歲了，看起來像二十歲的樣子，整個身體都是簇新的。她的乳房比安娜那對美麗的乳房更為纖細小巧。未來的某一天，如果她要求的話，我會娶她。

我回到了出生之前的狀態。有一道漩渦在我的體內形成，潮水在體內慢慢地漲高，直至最高點，再沖下將我穿透，就好像我在克蕾兒體內時所做的夢。我緊靠著米瑞兒的髖部，一邊將她的頭往後仰，用手撐開了她的嘴，她依然沒有抵抗，我大大張開了嘴，接近她那帶著玫瑰色的洞穴。當我們的小孩在她的髖部漫流，我發出了低吼。忍耐這麼久之後，事情就這樣發生了。這也好。往後她會思考這整件事。

彷彿到了北極，身處於一塊毫無任何特色的區域，雖然這塊區域對我而言，並非難以親近，然而沒有標的，我還是迷失了方向。

我們到對面的一家小店買水果，望著透出亮光的房間窗戶，然後一起上樓吃晚餐。

「那安娜呢？你會對我說她的事吧？你也會告訴我，你們在湖邊所發生的事吧？她同意你對我說出你們所有的一切。」

「她當時很肯定妳並不愛我。我也是這樣認為。起初，我和安娜在一起時，只是玩賞著一些物品、與動物戲耍，就像我們三人在一起時的遊戲內容。」

我對米瑞兒描述我和安娜所說過的話、做過的動作，還有安娜如何對我談起自己在島上的生活，以及我們如何在第四天之前都一直守著分際。

「你為什麼要等？」

「因為時候到了自然就會發生。」

「安娜說你裹足不前，是她催促你下決心。」

「是這樣沒錯。」

「你們如何能夠彼此相愛，卻不讓愛情久久長長？」

「安娜這樣告訴過我：『我讀了你與米瑞兒分開期間所寫的日記。你在日記中提出的哲學思想，讓我深感佩服。我很了解你。我需要一部分的你，但不是全部的你。我們的工作為第一優先。』」

「你們在一起只有十天而已嗎？」

「我問過安娜是否要延長時間，但她並不願意。她說，我們必須從遠處觀察對方。我們原本幾天之後要在比利時碰面，結果在她預定抵達比利時的前一日，我接到她的來信，信中說道，妳們的母親也生病了，所以必須回家照顧妳們兩人。等到聖誕節過了，她才會回來。」

米瑞兒扭著手，告訴我說：「沒錯，我和母親當時都生病了，可是你和安娜對自己都有應盡的義務，那就是結婚。那時一切都是那樣簡單……」

「我們沒有想過要結婚，安娜更不可能有這個想法。」

「你確定？」

「是的。」

「她是這麼對我說過，不過，我永遠都不能了解。」

「安娜說過：『我們比相愛還要堅決。』她又說：『現在我們所做的事情，並不會替我們最初的吻增添些什麼。』話雖如此，當她聖誕節回到巴黎時，已經變成了一個真正的女人，然後我們在一起度過了三個月的美妙時光。」

「終於。然後呢？」米瑞兒問道。

「然後我們無法再往前進了。」

「她曾告訴我，幸福總在發生之後才能體會。」

「我開始不能滿足她了。她需要一個更能隨時陪著她的男人，我忙碌的工作變成一種阻礙。她擔心自己會讓我不愉快。後來就像手相家的預言，也正如她所說的，她開始對他人產生好奇心。」

「別說了，這是一種大不敬的行為，你們真應該為此受到懲罰。她承認你並沒有極力挽留她。」」米瑞兒說。

「我想不出辦法來。我幫助她結識了穆夫，然後她愛上了我和穆夫兩人。」

「不會吧。」

「後來她跟穆夫一起走了。」

「我在倫敦時，曾經見過他一次。我覺得他很糟糕。」

「我並不喜歡這個人。我看到安娜對他的愛情開始成形，還嫉妒了起來。然而我和穆夫在無心之間，讓安娜面對伊凡時，已經做好了準備。」

「你希望能夠再抱抱她嗎？你不會這樣做，但是會想嗎？」

「我們會想這樣做嗎？她愛伊凡；而我，我的心已經朝向了妳。」

「然而你們兩人不會獲得教堂的祝福。」

「我和安娜寧願冒險。」
「然後讓他人為之冒險？」
「是的，如果這是必然的，或是已事先知會他人的話。」
「都是因為我不好，所以安娜在兩年前也錯過一次與你度假的機會。當時你們兩人都夠成熟，所以能坦然面對失約。那次的失約給你們帶來什麼體會呢？」
「愛情吧。我想，這並不會為我們帶來深層的改變。」
「還有去年，她突然放棄和你度假的機會，改變行程，去和穆夫會面。她知道我愛你，所以犧牲了自己！」
「我也為了她而有所犧牲，畢竟我當時一心想和她共度那些假期。」
「我喜歡當你愛她的時候。她曾經想過，或許你可以同時愛我們兩人，而我們也可以同時愛你。你和我之間，能夠真誠以對。安娜天生坦率。她可以在任何地方睡著，當她感到無聊便會打呵欠。你感覺好笑，我也是。她認為必須將情感表達出來，試著對自己誠實從來就不是件壞事，而我們三人可以做任何嘗試。為此或許必須再成為貞潔之人……然而這合理嗎？總之，儘管有穆夫的介入，你們彼此仍是越來越相愛。」

「沒錯，依我們的方式，而不擾亂自己的生活。」

「那是因為你不想要。伊凡給她壓力，所以她屈服了。我和安娜都希望有人能夠用強勢的姿態或方法來愛我們。我曾經想像你是海盜船船長，強行將我俘虜。我的外型及想法，與我的航海家父親相似，而安娜和一位姑母很像，都是有名的幻想家。我以為你和安娜兩人都是叛逆者，然而你們卻比我還純真。」

「我希望卻又害怕你總是愛著安娜。然而希望的念頭比較強些。」

一小時之後。

「安娜已經揮別了我。」

「那是因為她丈夫的關係。她的心並未向你道別。真不知你們在想什麼。」

「你的頭是圓的，我和安娜的頭是長的。妳比較聰明、精力充沛，也比我們來得有條理。妳比較沒有直覺能力，也不相信直覺這類的事情，因此妳有時會被自己的邏輯所害。」

「沒錯。你對我有所不滿嗎？」

「當妳對自己有信心的時候，是的。」

「你也會像這樣的對安娜說話嗎？」

「一點也沒錯。」

「就只對我和安娜兩人說嗎？」

「對，就妳們兩人。」

「這就是為什麼，我和安娜會將你說的話聽進去。你也會對安娜有怨言嗎？你嫉妒她嗎？」

「我疼愛她，希望她一切都好。」

在這些對話之間，有著的是如山堆積的沉默，以及在米瑞兒肌膚上的曠野嗎哪[27]。我們對時間的流逝毫無所感，一起在同一個氣息裡入眠。

漸漸地，我感覺心情沉重了起來。臂彎裡是座天堂，然而在米瑞兒再次離開之前，我有一些事情必須處理。

是什麼事呢？

在我毫不知情的情況下，六年間，米瑞兒依賴我的程度，就與我向她求婚當時，自己依賴她的程度相等。必須終止這種狀態，重新建立起雙方平等的關係才行，因此，我得將米瑞兒釋放出來。方法只有一個，那就是以對待安娜的方式來對待她。我對安娜所採用的方式，曾在安娜身上見效。

當然，此一時彼一時。安娜儘管內心恐懼，仍然想要我以這種方式對待她。但是以米瑞兒而言，她並不知道她要的就是這個方式。

我逐漸讓自己的意圖變得明顯，好讓米瑞兒有心的話便可逃開。沒有用。她並未逃避。我委婉地嘗試。她已經做好準備。我勉強地堅持下去，重新等待她的防禦。並沒有。我們朝井底望著，並未因而感到暈眩。我們好奇地望著，卻沒有人下去一探究竟……我們坐在石井欄杆上審慎地考慮。米瑞兒從坐著的位置，朝著我的方向艱難地滑了過來。我朝她的方向滑去，察覺到一種親密感以極細微的姿態開始萌生，隨即感受到來自一條緞帶的抵抗力。這條緞帶柔軟潔淨又撩人，令人難以忘懷。一塊未知的磁石同時玩弄著我們兩人，將我們彈開。這條緞帶承受比安娜更激烈許多的抵抗力，於是繃斷裂開。我身在北極帶的井底。這與幸福無關，亦非存心耽擱。這是讓米瑞兒這位女性武裝起來，對抗我。我所做的，就是鳴金收兵。

她已經改變了。

現在，只要她有意願，便可自我身邊逃開。

琵拉和安娜讓我覺得愉快，然而，我寧願與米瑞兒探索所有的一切。

米瑞兒對我說：「當我們想要有自己的小孩，我願意為你懷孕。」

「好啊。」我回答她，眼前浮現她走路時滾動的髖部。

「我是你的妻子。」

「是啊。」回答的同時，我心裡想著，「那麼，安娜也是囉！」

「克羅德，你還遵行著苦行主義嗎？」

「這念頭一直在我身旁伺機而動。」

「那你所做的，算是苦行嗎？」

「我們所做的？是啊，對我們兩人而言，既是苦行，又算英雄式行為。」

「我們說的是同一件事嗎？」

「我們時常雞同鴨講嗎？」

我向她講述了自己的一段回憶——

在一個大動物園裡，有一座潟湖，湖心散布著岩石，住有一隻年輕健壯的公海豹，以及兩隻年幼的母海豹。在潟湖當家作主的是公海豹，兩隻母海豹似乎是姊妹花。我每天經過動物園時，就順便觀看這三隻海豹。

母海豹當中，受寵的是比妹妹稍微肥胖的姊姊。當妹妹以發育不全的鰭狀足，攀上平台要加入其他兩隻海豹時，另兩隻海豹便將她推落水。妹妹那優雅的頭部直接碰撞入水而發出了呻吟。她的表現如此接近人類，以致觀眾不是抱以同情，便是笑了起來。過了一陣子，妹妹又爬上平台。

海豹情侶生了個孩子。從這隻小海豹開始能自行移動身軀開始，便會出力幫父母將那隻不屈不撓的母海豹推落水。每當這個小家庭成員，海豹寶寶在中間，一起蜷曲在平台上入眠時，妹妹則獨自在平台下睡著。

一個月之後，公海豹無聲無息地進入妹妹居住的岩洞。十五天之後，公海豹便開始與海豹妹妹共同生活，不過公海豹有時仍然會去探訪海豹姊姊，以及牠們那個發育良好的孩子。海豹姊姊變得十分安靜。

後來海豹妹妹也有了小孩。

米瑞兒問：「結論呢？」

「沒有結論。那裡能生育的公海豹只有一隻。」

「就算是公海豹，也不能同時愛上姊妹花。」米瑞兒說。

譯註27——《聖經》中所說，古以色列人在曠野四十年裡所獲得的天賜食物。

21 漩渦 Remous

米瑞兒（在島上）給克羅德（在巴黎）

五月一日早晨

沒錯。我和你在同一時間寬衣解帶，是為了和你聊天以及一起入眠。看到你這麼驚訝讓我覺得很有趣。當時我對自己很有把握。

真想不到我們竟然屈服了，像是彼此的春藥。我們彼此信任。我們曾經那樣平靜，就像是水車的傾斜面，打上來的水，自板子間往齒輪方向滴落！

我們是誰的細胞？我們的細胞依著自己的方式而獨立存在：我們已經看到了。

我知道魔鬼會化妝，蛇會迷惑人，然而我沒認出他們來。我們曾經是亞當和夏娃，上帝將他們塑造成合適的樣子，但是卻頒給他們戒律。是亞當起了開端。

我們的那三天讓我終於擦亮了眼睛，以往從你與安娜的記述中隱約窺見的東西，如今已清楚看見。

一九〇九年五月一日夜晚

我要向你傾吐我紛亂的思緒。

你曾經預見過，我會因為自己不符周邊人心目中那個年輕女孩的形象，而感到苦惱。事實的確如此。我想，我不能再授課了。

當下令我思緒紛亂的原因是：我做了一件事情，而這件事情具有重大的道德意義。

我曾經決定給你精神上的愛情，直到我覺得自己做好準備，可以在愉悅、驕傲以及樂趣之中，讓我的肉體與精神合而為一。只有經過這個階段，我才能光明正大地將自己視為你的妻子。那麼，就算我們分別的時間漫長，也不會讓人太難過。

我與過去的生活隔絕開來，然而這並未為我現今的生活帶來新的變化，好讓我心裡有個支撐的力量，我又回到過去的生活了。我讀我的《聖經》。

我們分屬不同族裔，他人對我們一再教導的儀式也不相同。

半夜

我不敢相信你將視我為自己人。

這封來信奪走了一切，而有一陣子，一切是那樣愉快！

別認為我是一個複雜又不誠實的人，我只是迷失了方向。我是那麼相信我們會在一起。我感到後悔，然而卻不帶任何遺憾，就像是聖保羅。

我曾帶給你歡樂以及力量？那真是太好了！

在我們分開的那段期間，我只能容許自己有一絲觸及你的肉欲念頭。在我容許你的行為之後，我便有了罪惡感。我的理想為你的天性所動搖。若撇開這個不談，我們共度的那三天確實充滿了溫情與美好。

銀河對我而言，有著情欲的吸引力。

希望能夠跟你進行一趟徒步之旅。

今天早晨，我親眼見到一隻羔羊出生，牧羊人教我如何幫助母羊娩出羊寶寶。這隻母羊讓我有了想生小孩的念頭。

一九〇九年五月二日

你說，有一天我可能會像安娜一樣嫁給別的男人。那是通姦的行為。

當我得知安娜完全屬於了你（至少我是這麼認為），而且感覺到自己對你的愛還未了結，我祈求上帝幫助我，別讓我犯下通姦罪行！對不起安娜。然而與此同時，我卻渴望親吻著你。

當我的嘴唇想望著你的吻，對耶穌基督而言，已經在思想上犯了通姦罪。只要在你的身旁，我便能埋藏心中的疑問，當你遠離，問題又重新盤踞心頭。

有太多不必要的犧牲了。假如當時你能問我的心意，我會告訴你：「不要。」若我小心翼翼地將自己奉獻給你，如同安娜，那麼我的人格會因此而有殘缺，對彼此一點好處也沒有。

一九〇九年五月三日於小島

我剛剛重新讀過了自己在一九〇二年寫的分離日記。內容當中，最讓我驚訝的，就是我的優柔寡斷。克蕾兒曾經說過：「這是一項嚴重的缺點。」一九〇六年在巴黎時你對我說，想要在鄉下平靜地生活是一種懦弱的態度（當時我的眼睛不能視物）。最近你卻述說著田園生活的卓越之處。比較一下兩種不同的想法吧。

你曾經是我生命的中心（除了我看不見的那段時日），現在你將我置於你的生命之中，我有一種含糊又詭異的感覺，知道自己應該失去你。

我能平靜地等著失去你的時刻到來，畢竟也無計可施。

而後我的生活仍然繼續。

起風了，風扯起了我的頭髮，揚起一排枯葉。如果我今晚就像平常那樣，試著對風大喊你那名字，我的嘴唇僅能無聲地描繪出你名字的形狀……

我究竟在對你説什麼？為何要聽從心裡的聲音呢？家裡有這麼多事需要我去做。比如安娜和伊凡的寶寶，就是我未來的工作。他六月出生。安娜將會回到這裡，和我們一起迎接寶寶來臨。

五月七日

我們的大地窖發生了一場火災，燒毀了包裝箱及好幾袋碎木屑。

當時我人在二樓，聞到味道，從通風窗望去，看見了紅色火光。我派湯米騎腳踏車進城去尋求援助。我則用自己準備的器材滅火：浸了泉水並擰乾的睡衣和貝雷帽、大眼鏡及灑水噴槍。

我打開門進入了地窖。一陣氣流迎面而來。火神發現了我，吐出火焰，變成一陣煙霧伴隨著火星，朝我襲來。我像個鬥牛士，朝祂走去，拿水噴著祂。祂將我團團圍住。煙霧溫度很高，我吸進了一點，胸口感覺到死亡的存在。我大喊：「母親！」全身氣力僅夠讓我拿著我的武器逃出地窖。

在地窖外面，我咳嗽、看不見、全身無力。我坐著等，等屋子起火燃燒，或是消防員的到來。一名消防員騎著我的腳踏車來了，戴著頭盔，提著裝有面罩的布包。他將面罩弄溼、戴上，拿起噴槍進入地窖，將一切都撲滅了。

火有著觸手，就像愛情一樣。它可以用繚繞的煙霧輕撫著你，也可以將你擊倒。

一九〇九年五月十日於小島

讚美神！是你的來信！

像個嬰兒，搖動著我、裹著我吧，克羅德！我將額頭湊近你的下巴。求求你，燒了那三天之後我所寫的信吧。忘記這些信，原諒信中的內容，愛我吧！這是我唯一所求。

連續三個星期，我做著惡夢。只要惡夢繼續，我就不該寫信給你。

我的愛情猶如麥田般平靜，我的感謝如同雲雀般歡唱，我放棄了尊嚴。我又在我們的房間，依偎著你，我們要一起入眠，是我，米瑞兒。也不能算是我，因為我已經在你身體裡融化了。

一九〇九年五月十二日

安娜告訴過我，有一天你將會在不知不覺當中，娶一名無足輕重的女子。跟她在一起，事情的發生都是那麼出其不意。一位對事情堅信不移的妻子，具備著令人沉重的存在感，而你娶的妻子將不會帶給你這種感受。

是的，我不承認我們的初吻；是的，我不承認我們共度的那三天；是的，我將以上這些帶到天國去。

你對我說過：「妳有著陽光般燦爛的微笑，狡黠的神氣。無論妳身在何方，大家眼光都會在妳身上。然而突然之間，妳會隱藏這些優點，妳的面容變得粗暴，看起來像一幅密朗克松[28]的舊畫像，不再像是米開朗基羅畫中的摩西。妳的頷骨讓妳從某些角度看來，幾乎像個男性。這兩種情形，給了妳一種讓人印象深刻的風格……」

我是個戀愛中的清教徒。

因為你有些瘋狂，所以你愛我。

一九〇九年五月十六日

克羅德，讚美神！我懷孕了……八個月之後，我們的寶寶就會出生了，晚安娜的寶寶五個月……

以下是我給你訂的計畫：懷孕進入第五個月時，我會到英格蘭南部的一個小村莊生活，我很熟悉那裡的環境。你每個星期撥兩天來看我。孩子一定能擄獲我們母親的心。我們將在近期內完婚。然後我會在海邊找個小屋子待產，在那裡生下我們的孩子。

一九〇九年五月二十日

你的喜悅承載著我。你無法置信的！你絕無法相信這會發生的！和你一樣，我也認為我們的態度不該那麼謹慎。如果我知道我們想要這個孩子，我早就懷了他。會的，克羅德，只要你呼喚我，我就會來到你的身邊。

一九〇九年五月二十三日於小島

我寫給你這封令人悲傷的信。沒有，我並沒有懷孕。我是昨天才知道的。是我自己太過渴望有小孩。

神不會讓我們因著罪行而得到獎賞。

腹中的一塊血肉，只因是婚姻外所有，就變得有罪。

一九〇九年五月二十四日

安娜回來了，臉色蒼白。她的姿態身影，因著即將成為一位母親而顯得高貴。我原本也可以如此。她和母親成天編織著嬰兒的行頭。

你還記得那段我們玩蝌蚪的時光嗎？在近乎乾涸的泥塘裡，死了許多小蝌蚪，於是我們用鍋子將還活著的蝌蚪搬到池塘裡。蝌蚪那麼多，實在令我們感到悲傷。

因此，我對你說了這些話：「與其為了那些無法長大的蝌蚪難過，不如照顧長成的青蛙。」

於是我向你說起了那些我照顧過的貧苦人。

一九〇九年五月二十五日於小島

我走在草原上，突然感覺自己彷彿是你的妻子。我不再是一個年輕女孩了，而是一位妻子。我抬高了頭，從容穩重地往前行。這個感覺持續了一分鐘。我要為這種尊貴的感覺留下回憶。我採了一株楊柳做成戒指，套在手指上。

克羅德，我抱住你的膝蓋，將頭靠上。我想要讓你了解。當我對你說：「你不需要一位妻子，而我不能成為你的情婦。」這樣算不算是背叛？

克羅德啊，你的名字在我心裡，曾經幾乎等同於「神」。

失去皮埃爾的克蕾兒，變成了與克羅德同在的克蕾兒。她操持家務，她在你身邊，等待你終於寫出一本她很喜歡的書。為了你，她不急著再婚。

你並未擁有一脈相承的家世。你的思想比起你的子嗣更能讓你成為有用之人。

然而，我們卻想替你傳宗接代。

一九〇九年五月二十六日

我的腳碰觸著你的腳。我與你面對面，彼此相望。

下一次，白日時我們便能相聚，而在夜晚，我們之間將隔著距離，如同天上的星子。沒能完成引導的任務，我感到十分羞愧。

我撕了你的信。這封信不是你寫的，而是你可怕的那部分所寫的，那個部分的你曾經一瞬之間在床上讓我見識過。

如果你和你的作品，並非如我期待的樣子，那會是多麼可怕。

當兩人之中有一人，並未因為太愛對方而不顧一切只想步入禮堂，那麼，這不是愛。

是否會有那麼一天，你將對我張開手臂，告訴我：「來吧，我的妻子！」只有神知道了。我願意等待這一天，直到死亡為止。

愛情能夠保持純真無瑕。

如果我們能同枕共眠，像孩童似的……像我們期待的樣子……一切將多麼美好。

身體的結合（儘管我不是處女，對此我還是不太清楚），只能視為獎勵而非目的。克蕾兒和皮埃爾在一起的時候，從來沒有任何感覺，儘管如此，還是不能阻止她和他在一起。

我的消極被動讓我有罪惡感。

我什麼都告訴了你。心上的石頭落了地。

我親吻你的手，而非你的唇，因為有太多我的情感。有一天我會吻你的唇。

很快的，安娜就可以聽到自己寶寶的聲音。她現在狀況極佳。伊凡還是很瘦，母親正為他調理飲食。

一九〇九年五月二十六日於小島

我知道一些你所不知道的事！……我天生適合當母親，而我也會成為母親……我們一起到康瓦爾郡那裡的岩洞去，然後在那裡，經由神的恩典，由你親自給我一個小孩……

然後，如果你想走……就走吧！……

一九〇九年五月二十七日

我母親讓你不得不親近我。

你母親切斷了我與你的聯繫。

今晚，我很高興自己給你的時候，還是處女。因為是你，也因為你希望我是處女。

在很短的時間裡，你種在我的身體裡，並且開始生根。你要逃開嗎？我屬於一個生長緩慢卻結實堅韌的族類。你可以拉扯，但是你會同時弄痛我們倆。所以你不會將自己連根拔起。

我的狗兒了解我為何沉默不語。牠將涼涼的鼻頭擠進我的手中，舔著，並將下巴靠在我的手上。

一九〇九年五月二十八日於小島

今天是你的生日。

獻上我的唇。

未來當你遇見你那位北方的小妻子，你會為了自己的家庭而辛勞。

一九〇九年八月二日

我在一所孤兒院擔任一個星期的保母。七年之前，我就是在這所離你不遠的孤兒院工作。

我拿到了外科助手的合格證書，希望有一天能派上用場。附上一張我穿著工作服的照片。

如果我去巴黎的英國診所工作，你覺得如何？

只要有單獨相處的機會，我們便無法抵抗彼此的吸引力。我又成了你的地下情人，這並非如我所願，然後懊悔的念頭便會湧上心頭。我就是這樣的人。

當你向我求愛時，你奉獻出自己，願意將我的國家當作自己的國家。你這位年輕的騎士滾動了身軀，讓自己從頭到腳都沾染我的顏色。那時的你，是我想要的樣子。

現在你的雙腳想必難以離開巴黎的土地，而我，則是難以離開倫敦。

我是你的北極。

你是我的歐洲大陸。

我們之間有著距離。

我不喜歡巴黎了，我該如何在那裡生活呢？

一九〇九年十月一日於康瓦爾郡

此刻我所在之處，便是我希望你讓我懷孕的地點。此處風景優美，是令人讚嘆之處。有花崗石峭壁、柱石，以及層層疊起、崩裂的石塊。海鷗的影子掠過。

我在高處一片灰色苔蘚上坐了下來，注視著一塊岩石。它長得極高，看起來像座教堂，在升起的海水之中顯得特別突出。波浪白沫翻騰噴濺，被風吹散開來。後浪掀起又落下，殘留了一層薄薄的灰色水膜，黏在岩石表面。波浪平息之後，岩石又恢復了光滑發亮的模樣，等待下一波潮浪的來臨。

真是波濤洶湧！就像我和你一樣。

我升至高處往前衝，一次又一次地，在這些美好的年歲中，將自己獻給你。而你，你坦率、忠於自我，任我一次又一次地掉落。

退潮時，我重新回到峭壁之下。我走在岩石板塊上，走著走著便到了海灘。我看到的海浪浪頭呈圓形，水光粼粼，有氣無力拍擊著海岸。海鷗捕著魚。應該要思考，抑或讓自己融合於這片景色之中？我游移不定。我拿起一長條海藻，跳起了舞。這並不合適，於是又停止了舞步。

我進入了第一座洞穴，不僅高度低而且寬闊。地面有個水塘，從洞穴圓頂滴下的藍色水滴，落入了水塘之中，迸射出極為微小的水點，在水塘表面漂著，而後消失。洞穴深處黑不見底。

跨過了石堆，我進入第二座洞穴。這座洞穴相對較高、布滿沙子，形狀像艘船。我望見有光從洞穴缺口透進，朝著缺口爬去，然而並未成功。堅硬的沙地邀請我跳舞。我跳起了舞。這一次我像是哀求什麼似地踩著舞步。我的聲音自喉嚨發出，由於回音的緣故，聽起來比平時悅耳，我自己也感到訝異。我的心中充滿了你，我唱起那一首我們喜愛的高昂樂曲。不過與此時情境並不契合。幾首簡單的讚歌來到了嘴邊。我藉著讚歌當中少少的字詞，對著上帝說話，然後睡去。在我們共度的那三天，曾經差一點就要對你唱起這些讚歌。那是多麼地榮耀！

然後，我喊了你的名字。

然後，我喊著：永別了！

先前哀戚的印象一掃而空。我感覺自己變得靈活又積極。我了解你的生活是那樣充實，以致未能留個位置給我，但你的生活也同樣為神所引導。陽光的熱度從缺口穿透，讓我的背熱得發疼。我脫下衣服，跑向浪潮之中，讓打來的浪將我捲起。我擰乾頭髮，而我那小小的影子，精細描繪出我的身形，在我身後窺伺著。

來吧，獨自來此朝聖吧，如果你的心如此要求著自己。

一九〇九年十月三日

我並未全心全意愛你，直到你在你的日記當中「拒絕」了我，讓我們免於承受我的「同意」所造成的結果。

如果你不在身旁，我的愛就會持續到永久。（克羅德想著：啊，我那預知的靈魂。）

我是否缺少了女人味？這是一道障礙，而不是一個恥辱。

一九〇九年十月五日

親愛的克羅德，我想要見你，好埋藏起我們的一切。

基本上，已經做到了。然而，只是就基本而言。

一九〇九年十月十一日

這張照片上的嬰兒，是安娜和伊凡的寶寶。

安娜時常給我看這張照片。寶寶很帥、氣質高貴，具有幽默感，時常微笑並且自言自語。

一九〇九年十月十二日

你在巴黎的房間太小了。可以跟我們在魯昂碰面嗎？

等待的溫柔在來到身邊之前，已結束了等待。

一九〇九年十月十三日

希望你能抽出一個夜晚的時間，讓我前去向你告別。你一定可以認同這個要求很合理。我們的那三天不該成為彼此之間結束的場景。

我不會哭。我希望你能再一次，仔細聆聽我所說的話，就像七年前，當我向你傾吐心中萌生的愛意時，你如何仔細聆聽我的話語。現在，我要告訴你，為了讓自己能夠活下去，我心中對你的愛如何行將消亡……

我不會為你感到難過，反正你並不需要我。

一九〇九年十月二十二日

我考慮找一個除了你以外的男人，成為我孩子的父親。這個念頭開始具體化。

一個讓人不得不遵從的聲音低語著：

「向克羅德告別。結束這場已然失去光彩的愛情。」

一九〇九年十月二十三日

我親吻你，如同親吻安娜的兒子。我親吻他渾圓的膝蓋、他的手和腳。我拿他做為例子讓你明白。

方才我提著一籃用來準備晚餐的蔬菜。我把自己視為一個工人之妻、孩子的母親。我的喜悅並非來自於你。

聖奧古斯丁說過：「主啊，你為了自己創造出我們。我們的心跳動著，直到在你的懷裡得到安息。」

當我們在安娜巴黎的畫室時，我萬般渴望得到你的一個吻。你給了我。我感覺：「這是神的允准」——你也有這個感覺。然而自此之後，我便退縮了。

我再一次伸出手摟住你的脖子。我崇拜你。

一九〇九年十月二十四日

我想要在你的生命中停留，就像是你的姊妹、你的奴僕。我將七年的光陰及貞操都給了你。成為你的情婦這個念頭折磨著我。你說我不是你的情婦，你也不會這樣要求我。

然而和你在一起這件事，不能對眾人公開，我們也無法獨處，對我而言，是一種折磨。在離去之前，面對你的門房，我感到焦慮。

我們要離開這裡了。安娜、寶寶還有我，我們要去匈牙利。

我已經不再害怕過著沒有你的生活了。

一九〇九年十月二十五日

我愛你，你對我而言，像是位改革者。你從容地讓人對舊有規則產生懷疑。你帶來新的視野，讓我們不再信任自己的處事之道。我的無知（請參見我的告解）帶給了你一種勝利，不過你從未提及。

當你在的時候，你的想法讓我驚嘆。當你缺席，你的想法在我的信仰之下碎裂開來。

有時你恐懼著我，有時我恐懼著你。

我們的道路已經一分為二，猶如位於小島上游的河流。

安娜（於島上）給克羅德（在巴黎）

一九〇九年十一月十七日

我想你。我沒寫信給任何人。

我的兒子出世了。他總是笑嘻嘻的。我全心全意照顧著他。他是我生命的中心，是我的血肉。世上沒有任何事物可以讓我離開他。我從沒設想過自己會如此依戀著孩子。

我們帶米瑞兒去喀爾巴千山脈。

伊凡在那裡等著我們。

寫信來吧。問我問題，對我說說米瑞兒吧！

譯註28——Melanchron Philip，1497-15601，德國神學家、人文學者以及宗教改革者。

22 四年之後 Quatre Ans Plus Tard

米瑞兒給克羅

一九一三年一月一日

克羅德，我要嫁給米歇爾先生了。一九〇一年的時候，你就在倫敦認識了他。我們常常見面。等了四年的時間，才決定互相表明心跡。之所以如此，是因為他覺得我總是不快樂。他知道我們之間的事。他告訴我：「當克羅德向我談起妳們的時候，我可以感覺出他愛著妳們其中一人。如果克羅德住在倫敦，你們就會步入禮堂。一切都是因為你們對於工作的熱愛，才使你們分開。這沒什麼好羞恥的。」

克羅德給米瑞兒

一九一三年一月五日

得知這個消息，我的心都碎了。

十一年前，妳介紹他給我認識，他在我房裡放了一束花。當他在湖邊談起妳和安娜，他對妳們所下評語是那樣地恰當，讓我感覺自己就像是他的朋友。他有著明朗豪爽的笑容。他尊重自己的工作，並且是公司創辦者。我試著想像你們在一起的情景。

我仍然與克蕾兒及我的書同住。

安娜給克羅德

一九一四年三月八日於小島

接連幾次寄了照片給你，讓你看看我的四個小孩、我和伊凡，還有我的雕塑作品。如此一來，你就可以陪同我的家庭成長，了解我們的點點滴滴。我們這一家人都很幸福，也為了彼此是一家人而感到快樂。我母親因為孫子圍繞膝下而感到滿足。

家裡沒有人說起「克羅德」這名字，也從未提起「巴黎」這個城市。

我想要見你，讓伊凡很痛苦。

米瑞兒生了個漂亮的小女孩，名叫蜜莉安，還有一個小男孩，名叫湯姆。米瑞兒的先生是個傑出良善的人。

亞歷斯去了非洲的某一片樹林開墾。他娶了一位個子非常矮小的女人，還生了兩個女兒。查理是航海員，從來不曾在家。

23 十三年之後 Treize Ans Après

安娜給克羅德

一九二七年七月十日於加拿大安大略省

我們一家人現在住在聖羅倫河千島區的一座小島上。這座島比我們之前住的島還大上一百倍。

米瑞兒讓米歇爾對文化有了興趣，他們一起做著研究與探索。小湯姆是他們的助手。

這裡明媚的風景深深攫取了孩子們的心——他們以後不會是藝術家。

非常多人和美術館購買我和伊凡合力修鑿的石雕及木雕。

或許你想看看米瑞兒的女兒吧？蜜莉安和一位比她年長的中學同學，一起去了巴黎。我有她的行程表。七月二十五日早上十點，她要參觀巴黎的特羅卡德羅宮[29]。

克羅德的日記

一九二七年七月二十五日

我立刻就認出她來。

她就像米瑞兒十三歲時的模樣。和照片中的米瑞兒一樣，有著燦爛的笑容，眼神猶如一位詼諧的女祭司。

和她說話？聽她的聲音？

問她：「妳是米瑞兒．米歇爾的女兒，蜜莉安嗎？」

沒有必要。答案太明顯了。我跟隨她走遍了整座博物館。

她觀看著，停下腳步思考，和米瑞兒一模一樣。

我永遠無法生出這樣的女兒。

在出口處，一陣風掀起了少女的草編帽。雖然說是少女，但是她幾乎還是個孩子。風將草帽吹至我跟前。由於草帽的關係，她那充滿笑意的眼神看著我。她追著草帽跑了起來，跑步的姿勢就和她母親一樣。我感到一陣暈眩。

有一瞬間，米瑞兒奪回了支配權。

感情的衝動把我托起，將我帶向了她的女兒。

草帽繼續飄著。蜜莉安追趕草帽，然後停下來正對著草帽，樣子像是一名蓄勢待發的足球員。

我看著她，然後看到了米瑞兒。

我將她們的形影混在一起。

我想要握起她的手。

在街道上，我彷彿從鏡中望見了自己：我整個人搖搖晃晃的，站也站不直。

我回到了克蕾兒的家。

她問我說：「怎麼了？你今晚看起來老了不少。」

譯註29——Trocadéro，巴黎知名景點，為了一八七八年的世界博覽會而建造，帶有拜占庭風格的宮殿建築。

〔fps〕001
兩個英國女孩與歐陸
Deux Anglaises et le Continent

作者　亨利－皮耶・侯歇 Henri-Pierre Roché
譯者　黃琪雯
副總編輯　洪源鴻
企劃選書　董秉哲
責任編輯　董秉哲
行銷企劃總監　蔡慧華
行銷企劃專員　張意婷
封面設計　萬亞雰
版面構成　adj. 形容詞

出版發行　二十張出版—遠足文化事業股份有限公司
地址　新北市新店區民權路108之2號9樓
電話　02・2218・1417
傳真　02・2218・8057
客服專線　0800・221・029
信箱　akker2022@gmail.com
Facebook　facebook.com/akker.fans
法律顧問　華洋法律事務所—蘇文生律師

製版　軒承彩色製版股份有限公司
印刷　通南彩色印刷有限公司
裝訂　智盛裝訂股份有限公司

出版　二〇二三年七月—初版一刷
定價　四八四元

»《兩個英國女孩與歐陸》 黃琪雯 譯
本書譯稿經由城邦文化事業股份有限公司麥田出版事業部授權出版，
非經書面同意，不得以任何形式重製轉載。

ISBN — 978・626・97365・08（精裝）、978・626・97059・93 (ePub)、978・626・97059・86（PDF）

國家圖書館出版品預行編目（CIP）資料：兩個英國女孩與歐陸／亨利－皮耶・侯歇 著
黃琪雯 譯 — 初版 — 新北市：二十張出版 — 遠足文化事業股份有限公司發行
2023.7 480 面 12.5 × 18 公分 . 譯自：Deux Anglaises et le Continent
ISBN：978・626・97365・08（精裝） 876.57 112006237

AKKER
二十張出版